新典社選書78

三島由紀夫の源流

岡山典弘 著

新典社

目　次

はじめに

平成二十七年は、三島由紀夫生誕九十年・没後四十五年の節目の年であった。

折しも十一月十四日（土）、十五日（日）、二十二日（日）の三日間にわたり、東京大学と青山学院大学において「国際三島由紀夫シンポジウム２０１５」が開催された。日本はもとより、アメリカ、イギリス、フランス、ドイツ、韓国など、世界各国の作家や詩人、文学研究者から刺激的な発表がなされたが、そこで改めて浮き彫りになったことは、〝三島由紀夫という巨大な存在〟の多面的で重層的で複雑な性格である。

この三島の性格は、どのように育まれ、どのように形成されたのであろうか。

本書は、〝三島由紀夫という巨大な存在〟の謎に迫ろうとする小さな試みである。

これまでに父方の祖父母・平岡定太郎となつ（夏子）の人となりや、平岡家のルーツである兵庫県印南郡志方村のことはかなり調べられて、一般にも知られている。しかし、母方の祖父母・橋健三とトミや金沢の橋家については、ほとんど調査研究がなされていない。そこで、〝もう一つのルーツ〟を探ろうとしたのが、第一章の「三島由紀夫と橋家」である。

俊英の多い橋家のなかで、文学少年・平岡公威の先駆けとなったのが、伯父の橋健行である。ブリリアントな秀才、文学少年、文人肌の医師。第二章の「三島由紀夫の先駆」では、〝橋健行の生と死〟を描いた。

昭和四十五年十一月二十五日、三島は神風連の行動をなぞるかのように日本刀で蹶起して、市ヶ谷で自裁した。第三章の「三島由紀夫と神風連」では、『奔馬』の背景を探り、三島の半生を呪縛した〝恐るべき神風連人脈〟を明らかにした。

少年期の三島が秘かに憧れた作家がいた。日本浪曼派の伊藤佐喜雄。女優・伊沢蘭奢の長男で白皙明眸の青年作家であったが、終戦後に失速して、文壇から消えてしまった。第四章の「三島由紀夫の影の男」では、〝伊藤佐喜雄の悲運〟の生涯を描いた。

晩年の三島は、唯物弁証法と精神分析学と民俗学を厳しく批判した。そうしたこともあって、これまで三島と民俗学との繫がりでは、『遠野物語』と『三熊野詣』ばかりが論じられてきた。第五章「三島由紀夫のトポフィリア」では、少年期の南の島憧憬に端を発し〝神島から琉球〟

に至る柳田民俗学の受容を探った。

昭和三十一年から平成二十七年までに三島をモデルにした小説や、あるいは三島文学に触発されて書かれた小説の数は、百二十編を超えている。武田泰淳、中上健次、村上春樹、島田雅彦、奥泉光、町田康、松浦寿輝……これらの有力な作家たちを〝蠱惑する文学と生涯〟。第六章の「小説に描かれた三島由紀夫」は間奏曲として、多面的で重層的で複雑な三島像を紹介するとともに、三島由紀夫関連小説リストを作成した。

三島は自らの〝肉体に咲く花〟として、刺青を彫ろうとしたという話がある。第七章の「三島由紀夫と刺青」では、三島自決直前の刺青話の真偽を探った。

蛇は、一般に気味の悪い怖ろしい生き物と見られている。しかし三島は、『癩王のテラス』で蛇神（ナーガ）を官能的で愛らしいものとして描いた。第八章の「三島由紀夫と蛇神」では、三島が蛇神（ナーガ）に籠めた〝不老不死の希求〟を探った。

もしも本書が〝三島由紀夫という巨大な存在〟を照らす小さな松明となり得たならば、これに勝る喜びはない。

第一章　三島由紀夫と橋家

――もう一つのルーツ

一　祖父・橋健三

誰もが平岡家を語るが、橋家に言及する者はほとんどいない。

平岡定太郎となつ（夏子）ばかりが論じられて、橋健三とトミは等閑視されてきた。あたかも三島由紀夫には、定太郎・なつという父方の祖父母しか存在しなかったかのようであり、「一世紀ぐらい時代ずれのした男」と「或る狂ほしい詩的な魂」の女だけが三島文学の形成に影響を与えたかのような印象を受ける。しかし、それは事実だろうか。三島は、母方の橋家からは大して影響を受けなかったのだろうか。

健三は、万延二年（一八六一）一月二日に金沢で生を享けた。

加賀藩士の瀬川朝治とソトの間に次男として生まれ、武士の血をひく。健三は幼少より漢学者・橋健堂に学んだ。明治六年（十二歳）、学才を見込まれて健堂の三女・こうの婿養子となり、橋健三と名乗る。健三は十四・五歳にして、養父の健堂に代わり講義を行うほどの俊才だったという。

やがて健三は妻子を連れて上京し、小石川に学塾を開く。「鹿鳴館の時代」であり、文学の革新の時代でもあった。明治二十一年（二十七歳）、共立学校に招かれて漢文と倫理を教え、幹事に就任する。妻・こうの死去により、健堂の五女・トミを後妻とした。明治二十七年（三十三歳）、学校の共同設立者に加わる。明治四十三年（四十九歳）、第二開成中学校（神奈川県逗子町）の分離独立に際して、健三は開成中学校の第五代校長に就任した。

開成中学校校長としての健三の事績は『開成学園九十年史』に詳らかで、[1]主に同書に拠り、他の学園史[2][3]も参考にしながらその足跡を辿ることにしよう。顔写真を見ると、健三は白い長髯を蓄えて、眼光炯々とした異相である。[1]生徒は、「青幹（あおかん）」「漸々（じえんじえん）」「岩石（がんじき）」と渾名をつけたという。

> 橋校長は漢文も教えられたが、式の時など、あご鬚をかきなでられたあと、謹厳重厚な態度で教育勅語を奉読され、また漢文の奉祝文「維時大正何年何月何日何々佳辰云々」といったようなのを読まれ、ご自身の名「健三」を「ケンソウ」と濁音なしで称えられるのを常とした。
> （『開成学園九十年史』[1]）

漢文の授業では、教科書として四書五経ではなく、『蒙求』を使用した。唐の李瀚が編纂した『蒙求』は、清少納言から漱石に至るわが国の文学者に影響を与えた故事集である。テキストの選択から健三の教育観の一端を窺うことができる。

開成の誇るべきは教授陣であった。大屋敦は「第一、先生がよかった。職業教師などには見られぬ品格があった」(4)、伊部恭之助は「後年、東大や京大の教授や碩学に名を連ねた若き先生方がそろっていた」と回想している。(5)

確かに歴代校長には、錚々たる顔触れが揃っている。初代校長は、高橋是清。第二十代内閣総理大臣を務め、六度目の蔵相在任中の昭和十一年二月二十六日、折からの雪をついて蹶起した青年将校の銃弾に倒れた。是清は、健三の後ろ楯でもあった。第四代校長の田辺新之助は、『万国地理新書』や『明十家詩選』などを上梓し、英学者にして漢詩人として令名を馳せた。長男が哲学者の田辺元で、三島は学習院時代から『歴史的現実』など元の著書に親しんでいる。第九代校長の東季彦は、商法の権威で、後に日大学長に就任する。季彦の一人息子が、夭折した東文彦である。三島と文彦との親交は『三島由紀夫十代書簡集』に詳しく、晩年の三島は『東文彦作品集』の刊行に尽力した。二・二六事件、田辺元、東文彦……、健三をめぐる歴代校長の人脈と三島との関わりは意外に深い。

開成学園の歴史は、明治四年に佐野鼎が共立学校を開設したことに始まる。

校舎は、神田淡路町（現在の神田駿河台）のニコライ堂近くに位置していた。日露戦争の勝利の余波で進学熱が高まり、入学志願者の増加に対応して、校舎を増築する。しかし建築費が予算を大幅に上回り、大正元年に出資者の三人が辞して、健三と石田羊一郎、太田澄三郎の三人が校主となる。健三は雇われ校長ではなく、学校経営者であった。学校の移転拡張を図るため、大正四年に組織を財団法人とし、校主は理事となる。当時の寄付行為第五条には、三校主が学校の動産及び不動産の全部を寄付し之を財団法人の財産とすることが謳われており、「この三校主の勇気決断は、この学校の出身者の特に肝に銘記しなければならないことである」と学園史に記されている。

建物は老朽化・狭隘化が著しく、教室の床や廊下は波打ち、机は穴だらけで、生徒は「豚小屋」と呼んだという。校舎の移転整備が課題であるが、学校側には土地も資金の当てもなかった。そこで健三たちは、窮状を詩文に託して早大教授の桂湖邨に訴えた。桂はこの話を前田利為侯爵に伝え、大正十年に前田家の所有地を格安で払い下げて貰うことになった。場所は、現在の新宿文化センター一帯である。詩文で土地を手に入れるとは、三島の祖父に相応しいエピソードである。漢学者の桂は『王詩臆見』など王陽明に関する論文を著し、『奔馬』の藍本の一つ『清教徒神風連』の著者・福本日南とも親交があった。前田家の当主・利為は、陸大二十三期恩賜の有能な軍人で、二・二六事件時には参謀本部第四部長の職にあり、後に東条英機と対立する。

ところが、この土地に目をつけた東京市長・後藤新平が、電車車庫の整備を計画して、学校側に譲渡を申し入れてきた。健三は直ちに突っぱねた。是清からも譲渡を勧められるが、硬骨漢の健三は拒絶する。やがて関係者と相談した結果、市民のために東大久保の土地を譲る。紆余曲折の後、学校は新たに日暮里の現在の高校敷地を入手した。土地は確保したものの建設資金が不足していることから、広く寄付金を募るとともに、淡路町の校舎敷地を売却する。このため大正十二年、古校舎を運動場に移築することにした。工期は七月末から八月末までの一ヶ月であった。

九月一日、健三たちの完成検査で不具合が見つかり、引渡しを延期する。その日の正午二分前、関東大震災が襲う。移築したばかりの古校舎の屋根瓦は瀧のように雪崩れ落ち、備品もろとも全焼した。さらに生徒二名が死亡し、罹災者は二百五十名を数えた。これに怯まず健三は、牛込区（現在の新宿区）原町の成城中学校の校舎を借りて、九月二十五日から授業を再開する。十一月、焼け跡にバラック校舎が完成すると、淡路町に帰って二部授業を行う。屋根はトタン葺きで、雨の日は喧しくて講義が聞きとれず、焼野原を運動場に代用したという。

大正十三年、文部省から震災応急施設費貸付金の交付を受けて、日暮里の新校舎建設に着手する。建設費を節約するため、床と柱は鉄筋コンクリート、間仕切りの壁などは木造モルタル仕上げに簡素化した校舎が、十月に竣工する。鉄筋コンクリート式と「式」の字をつけて建設登記をした。天長節の朝、全生徒を淡路町の仮校舎に集合させ、堂々の隊伍を組んで日暮里の新校舎に徒歩で向かった。十二月、創立五十周年記念式並びに新校舎落成祝賀会を開催する。

伊部は、「橋校長は教育者として当時、非常に有名な人だった」と証言している。健三は英語教育に力を入れ、生徒の個性を尊重した自由な校風を築き上げた。しかし改元とともに、醇朴で自由主義的な開成にも軍靴の響きが聞こえてくる。昭和二年より、四年生は千葉県下志津、五年生は静岡県滝ヶ原において野営演習を行うようになる。五日間の厳しい訓練を終えて、四年生が全員無事に帰ってきた。学校の玄関で彼らを迎えたのは、健三の白髯であった。「感極まって出る涙が、いつしか校長先生の瞳に輝いてゐたやうで、自分等も全くおぼろに見えた。神聖なる労苦を、無事終へた涙であった」と、その時の情景を一人の生徒が著している。

昭和三年、健三たち三人の理事は勇退する。明治四十三年の就任以来、校長在任期間は明治・大正・昭和の三代にわたり十八年に及ぶ。学校に招かれてから通算して三十九年。その間、広く官界、法曹界、学界、経済界などに人材を輩出した。

明治三十四年卒の独文学者・吹田順助。『三島由紀夫十代書簡集』には、「ヘルデルリーンの

『ヒューペリオン』（吹田氏訳）などを買って」とあり、後に同書は『ダフニスとクロエー』とともに『潮騒』の藍本となる。

明治三十六年卒の仏文学者・内藤濯。三島はラシーヌの『ブリタニキュス』の修辞を行うが、アンチョコとして机辺に「内藤濯先生の正確無比、かつ高雅艶麗な名訳」を置いておき、苦しんだ時には、「無断で先生の訳を盗用した」。

大正九年卒の哲学者・田中美知太郎。三島は田中を畏敬し、会う際には必ずネクタイを着用したという。三島は、田中が主宰した日本文化会議に参画して、シンポジウム記録『日本は国家か』が残されている。

大正十三年卒の仏文学者・佐藤朔。三島は佐藤が翻訳したコクトーやジイドなどを読み、『小説家の休暇』には一夕、酒を酌んだことが記されている。

昭和二年卒の俳優・中村伸郎。中村は、文学座で三島戯曲の『鹿鳴館』『薔薇と海賊』『十日の菊』などに出演する。昭和三十八年、『喜びの琴』を巡る騒動で文学座を退団し、劇団NLT、浪曼劇場と三島と行動をともにした。中村は、存在感のある知性派の役者であったが、とりわけ『朱雀家の滅亡』と『わが友ヒットラー』の好演で名高い。このように健三の教え子たちと孫の三島は、数十歳の年齢差を超えて深い繋がりを持っていた。

前掲の三島の縁戚になる大屋敦（元住友化学社長）や伊部恭之助（元住友銀行頭取）ばかりか、三島の父・平岡梓も健三の教え子なのである。そして、三島本人は「祖父（母方）が漢学者で、漢学や国学に惹かされた」と記している。(6)

永年にわたり健三は、赤字と襤褸校舎を抱えた開成中学の校長・理事として奮闘した。校舎の移転用地を確保し、建設資金を集め、震災を乗り越えて新校舎を竣工させた。また、校長就任時に六百名であった生徒定員を文部省との粘り強い交渉の結果、千人に拡充している。開成学園の今日の隆盛の礎は、健三が築いたといっても過言ではない。こうした多年の功績により、大正十二年二月、健三は勲六等に叙せられ、瑞宝章を授与された。

開成が、明治、大正のわが国家の発展時代に於て、社会のあらゆる層に、指導的人材を多数送り得たのも、また現在わが国の中、高等学校中、最優秀の名門としてその実績をあげているのも、三先生（橋、石田、太田）の永年にわたる献身的な御努力に帰すべきものが最も多いのである。

（『開成学園九十年史』(1)）

「古い家柄の出」で、出自の低い定太郎を「憎み蔑んでいた」なつが一人息子・梓の嫁に迎えたのが、健三の次女・倭文重であった。健三は、開成中学校校長を辞職後、昌平中学（夜間）の校長として、勤労青少年の教育に尽瘁した。昭和十九年、四男の行蔵にその職を譲り、故郷の金沢に帰った。

同年十二月五日、健三は永眠する。享年八十四歳であった。

二　西大久保の橋家（トミ・健行・行蔵）

倭文重の実家である橋家の写真が残されている。

松本徹編著の『年表作家読本　三島由紀夫』に掲載された一葉には、庭に立つ倭文重と公威、美津子、千之の親子四人の背後に建物の一部が写っている。(7) 木造ながら瀟洒な洋館である。大正五年、健三は小石川から下豊多摩郡西大久保（現在の新宿区）に転居しており、写真は西大久保の家であろう。この洋館の佇まいからも、橋家の家風が頑迷固陋な漢学者とは一線を画して、開明的であったことが窺える。

トミは、明治七年に金沢で生を享けた。

父は橋健堂、祖父は橋一巴で、いずれも加賀藩の漢学者である。トミは、六人姉妹の五番目で、姉につね、ふさ、こう、より、妹にひながいた。母の実家・大村不美の養女となる。大村家は金沢きっての素封家であったという。姉・こうの死去により大村家を離れて、明治二十三年に健三の後妻となる。健三は二十九歳、トミは十六歳であった。二人の間には、雪子、正男、健雄、行蔵、倭文重、重子の三男三女が生まれた。トミは、生家で漢学や国学の手解きを受け、養家が金沢の素封家であったことから加賀宝生に親しんだものと思われる。東京では、観世流の謡を稽古した。

昭和十三年、中等科二年の公威はトミに連れられて能を観る。初めて目にした能が『三輪』であったことは、三島の生涯を思うと極めて暗示的である。『三輪』は、世阿弥の作と伝えられる四番目物であり、三輪明神が顕現する。『奔馬』で本多繁邦と飯沼勲が邂逅する場所は、わが国最古の神社で、謡曲『三輪』の舞台となった大神神社である。

昭和二十年二月、三島は兵庫県で入隊検査を受け、即日帰郷となる。金沢のトミから三島に宛てた二月十七日付けの書簡には、「心の亂れといふものが千々の思ひに幾日かを過ごす」とあって、孫の身を気遣うトミの温かい人柄が偲ばれる。書簡の末尾には、「トミ」ではなく「富子」と署名している。(8) これは戸籍名「なつ」でありながら、日常は「夏子」と称したもう一人の祖母と似た事情であろうか。

兄弟について、倭文重は「私なんか娘のころ、男はやさしいものと思い込んでいました。実

家の兄たちを見なれてましたからね」と証言している。(9)

昭和五年一月、公威は自家中毒に罹り、死の直前までゆく。

経帷子や遺愛の玩具がそろへられ一族が集まつた。それから一時間ほどして小水が出た。母の兄の博士が、「助かるぞ」と言つた。心臓の働らきかけた証拠だといふのである。ややあつて又小水が出た。徐々に、おぼろげな生命の明るみが私の頰によみがへつた。

（三島由紀夫『仮面の告白』）

『仮面の告白』に登場する「母の兄の博士」が、健行である。橋健行は、明治十七年二月六日に健三・こうの間に生まれた。生母・こうの死去により、明治二十三年からトミに育てられる。

健行は、ブリリアントな秀才であった。明治三十四年に開成中学を卒業し、一高、東大医科に進んで精神病学を専攻するが、常に首席であったという。(10) 斎藤茂吉は、『回顧』に「橋君は、中学でも秀才であつたが、第一高等学校でもやはり秀才であつた。大学に入つてからは、解剖学の西成甫君、生理学の橋田邦彦君、精神学の橋健行君といふ按配に、人も許し、本人諸氏も大望をいだいて進まれた」と記している。[11] 茂吉は、開成中学の同級生・健行に二年遅れて医師となった。一高入試に失敗し、東大在学中にチフスで卒業延期となったためである。

健行は、早熟な文学少年であった。開成中学三年（十四歳）頃から文学グループを結成した。[12] 村岡典嗣（日本思想史）をリーダー格として、吹田順助（独文学）、健行、菅原教造（心理学）、菊池健次郎（医師）、江南武雄（画家）、今津栄治、樋口長衛、新井昌平の九名で、「桂蔭会」と称して廻覧雑誌を作った。弁舌爽やかな少年たちで、住居が本郷を中心としていたことから「山手グループ」と呼ばれた。また「桂蔭会」は、「竹林の七賢」とも称されて、周囲に大きな刺激と影響を与えた。触発された生徒のなかに茂吉や辻潤がいた。当時の「桂蔭会」メンバーの写真を見ると、健行は帽子をあみだに被り、自負心の強そうな面構えをしている。

吹田の自伝に「桂蔭会」の思い出が綴られている。[13] 彼らは、校庭の一隅にあった桂の木蔭で哲学を論じ文学を語った。紅葉、露伴、鷗外、一葉、樗牛、上田敏、キーツ、バイロン、ゲーテなどを読んだという。村岡は、親戚の佐佐木信綱家で仕入れた文学知識が豊富であった。正月には、村岡が選んだ「万葉百人一首」で歌留多を作り、今津の所で遊んだ。浅草の智光院における講演会や合評会、房州めぐりの旅行作文会などを試みる。国文の教科書の一つが『土佐日記』であったことから、古典にも興味を持つ。村岡は、しきりに『八犬伝』が面白い」と仲間に薦めた。

開成中学の『校友会雑誌』は投稿を建前としていたが、実態は課題作文の優秀作を掲載することが多かった。この度、開成高等学校の松本英治教諭（校史編纂委員会委員長）の御協力を得て、『校友会雑誌』に掲載された健行の文章が明らかになった。『立志』[14]『銚子紀行』[15]『転校したる友人に与ふる文』[16]『少年は再来せず』[17]『筆』[18]の五つである。

一たび走れば、数千万言、奔馬の狂ふがごとく流水の暢々たるが如く、珠玉の転々たるがごとく、高尚なる思、優美なる想を、後に残して止まらざるもの、これを文士の筆となす。

（五年生　橋健行『筆』[18]）

蒼古たる文章である。無理もない。明治三十三年は、泉鏡花の『高野聖』や徳冨蘆花の『思出の記』が発表された年である。しかし「一たび走れば、数千万言、奔馬の狂ふがごとく……」という一文は、三島由紀夫という作家を予見したような感がある。そして『校友会雑誌』の常連であった開成中学の文学少年・健行は、四十年後に『輔仁会雑誌』のスタアとなる学習院中等科の文学少年・公威を髣髴とさせる。「桂蔭会」で村岡や吹田に伍した健行の文才は、なまなかなものではなかった。

東大精神科の付属病院は、東京府巣鴨病院（後の松沢病院）であった。大正期、院長は呉秀三教授、副院長は三宅鉱一助教授、医長は黒沢良臣講師と橋健行講師の体制をとっていた。内村鑑三の長男・祐之は、健行や茂吉の後輩医師で、東大教授、プロ野球コミッショナーなどを歴任した人物である。祐之の自伝には、黒沢が「細心、緻密」、健行が「豪放、磊落」で、「好個のコンビをなし、このすぐれた両医長のもとで、医局は、好学と調和と勤勉さとに満ちた好もしい空気をかもし出していた」と記されている。[19]

当時、巣鴨病院の入院患者のなかには、有名な「蘆原将軍」こと蘆原金次郎がいた。将軍は、長い廊下の突当りに月琴などを携えて回診を待っていた。医師が来れば、赤酒の処方を強要した。

明治四十三年十二月のするゑに卒業試問が済むと、直ぐ小石川駕籠町の東京府巣鴨病院に行き、橋健行君に導かれて先生に御目にかかつた。その時三宅先生やその他の先輩にも紹介してもらつた。

（斎藤茂吉『呉秀三先生』[11]）

健行と茂吉の「先生」とは、呉秀三である。箕作阮甫の流れを汲む秀三は、日本の精神医学の先駆者で、鷗外に親炙し『シーボルト先生』や『華岡青洲先生及其外科』を上梓するなど名文家としても知られた。そして秀三の長男が、ギリシア・ラテン文学の権威・呉茂一である。三島は、昭和三十年頃に「呉（茂一）先生」からギリシア語を学ぶ。秀三——健行、茂一——三島の二組の師弟関係は、奇しき因縁である。

大正十四年六月、秀三が松沢病院を退任し、院長に三宅、副院長に健行が就任する。[20] 昭和二年八月、健行は松沢病院副院長から千葉医科大学（現在の千葉大医学部）助教授に転出する。六年七月から八年九月まで二年余り欧米に留学。帰国した年の十一月に教授となり、十年三月から付属医院長を兼ねた。[21] しかし翌十一年四月十七日、健行は危篤に陥る。川釣りで風邪をひきながら、医院長として無理をした結果、肺炎をこじらせたのである。報せを受けて、茂吉は急遽千葉に向かう。

四月十七日　金曜　晴

夕方ニナルト千葉ノ精神科カラノ電報デ橋健行君ノ危篤報知ガアツタノデ自動車デ出掛ケタ。利根川ニ釣リニ行ツテ風ヲ引イテキタノヲ病院長デアツタタメニ無理ヲシテ肺炎カラ肋膜、（ピオトラックス）ルンゲンガングレン。ガスフレグモーネ。弟達ノ愉血ヲシテヰタ。十時ニ東京著、イロイロ悲歎シテナカナカ眠レナカツタ。

四月十八日　土曜　曇細雨　夜、風強シ蒸暑シ。

午前十時四十一分ノ御茶ノ水発ノ省線電車ニテ千葉ノ橋健行君ノ見舞ニ行ツタガ病院ニツクト、丁度二十分程前ニ死亡シテヰタ。橋ハ中学ノ同窓デ専門モ同ジニナツタガ、コノゴロハ僕ハ会ウコトハナカツタ。

（斎藤茂吉『日記』[11]）

昭和十一年四月一八日、健行は五十二歳の男盛りで急逝する。「ルンゲンガングレン」とは、肺化膿症のことであろうか[22]。健行の葬儀は、四月二十二日であった。友の葬儀に参列するため、茂吉はみたび千葉に赴く。

四月二十二日　水曜

朝早ク御茶ノ水駅カラ乗ツテ千葉ニ行キ橋家ニ行ツテオクヤミヲ云ヒ、香典十円ト今日ノ葬式ヘノ花輪ノ同窓人名ヲ報ジ、大イソギニテ焼香シテ、ソレカラ東京ニ帰リ、森しげ子夫人ノ葬式ニ行ツテ焼香シ、葬儀ノ手伝ヲナス。夕方ニナツテ帰宅シタガ体ガ非常ニ疲レタ。コレハ連日ノ精神的打撃ノタメデアツテ、必ズシモ体ノミノ疲労デハナイ。

（斎藤茂吉『日記』[11]）

文中「森しげ子夫人」とあるのは、森鷗外の未亡人で『スバル』に小説を発表した女流作家でもあった。葬儀の掛け持ちで、肉体的にも精神的にも疲労困憊した茂吉の様子が窺える。後に茂吉は健行の挽歌を詠み、これを歌集『暁紅』に収めた。

弔橋健行君

うつせみのわが身も老いてまぼろしに立ちくる君と手携はらむ

昭和十六年五月、健行の死から五年ほど後、一人の客が茂吉の家を訪れる。客は、八十歳を越えた健三であった。

五月十一日　日曜　クモリ

午後橋健三先生御来訪故健行君ノ墓碑銘撰ト書トヲ依頼シテ帰ラル。（斎藤茂吉『日記』[11]）

健三は、亡き息子の墓碑銘の撰文と揮毫を茂吉に依頼した。律儀な茂吉は、恩師・健三の頼みを引き受ける。五月二十三日から三十日にかけての日記には、友の生涯を文に編むために呻吟する茂吉の姿が記録されている。

七月一日　火曜　クモリ　蒸暑

客、橋健三先生、墓碑銘改ム、墓碑銘改作、汗流ル。

（斎藤茂吉『日記』(11)）

最も期待した長子に先立たれて、老いた健三の悲しみは深かった。茂吉が撰した墓碑銘によって、健三の心は幾分か慰められたように思われる。三島が北杜夫に好意を寄せて『楡家の人びと』を高く評価したのは、トーマス・マンを範とする文学観の共通性の故ばかりでなく、健行と茂吉との深い絆を知っていたからではあるまいか。

健行は、『校友会雑誌』のほかにも文章を残している。秘録『卯の花そうし』。これは、巣鴨病院の医局員が書き綴った数十冊にも及ぶ記録で、白山花街での遊蕩や医局の光景が生々しく描かれている。藤岡武雄の研究によると、「橋が《ヤトナを当直部屋に置かう》と提案」したという一文も見られるという。[23] さらに健行には、『黴毒性神經症に就て』『精神療法ノ醫學的根據ニ就テ』などの学術論文がある。

昭和十九年、昌平中学の校長を行蔵に譲って、健三は金沢に帰ってゆく。健三は、苦学生教育をライフワークと考えていた。明治三十六年、健三たちの尽力によって、開成中学にわが国初の夜間中学・開成予備学校が併設される。第一期入学生は僅か二十二人でしかなかったが、唯一の夜間中学であったことから、生徒数は年々増加し、大正十年には千三百五十五人という大所帯となった。生徒の職業は、銀行や会社の給仕から商店の小僧、印刷屋の職工、玄関番など千差万別で、年齢は十五・六から三十位までであったという。震災で校舎が焼失したため、大正十五年、神田駿河台に新校舎を建設する。昭和十一年に校名を昌平中学と改称した。

昌平中学の経営は常に赤字であった。健三は、勤労学生から高い月謝をとろうとせず、赤字が累積し、遂には身売り話まで出るようになった。昭和十六年、四男の行蔵がマニラから帰国する。行蔵の実像は、昌平高校の米山安一教諭の手記『夜学こそ我等が誇り』に描かれている。[24] 同手記に拠って、行蔵という人物を見てみよう。

橋行蔵は、明治三十四年に東京で生まれた。

慶応義塾大学を卒業後、横浜正金銀行（現在の三菱東京ＵＦＪ銀行）に入行し、上海やマニラで海外駐在員として活躍する。帰国した行蔵が目にしたのは、八十歳の健三が杖をつき、電車の人混みに揉まれながら赤字の昌平中学に通う姿であった。これを見かねて、行蔵は父の仕事を手伝う決意をする。銀行業務を終えると、急いで立ち食いの鮨で夕食をすませ、昌平中学に駆けつける毎日が始まった。

やがて学校の理事たちは、「本気で父君の跡を継いでやる気があるのかどうか」と行蔵に詰め寄る。行蔵は、横浜正金銀行の会計課長として月給二百五十円であった。昌平中学に転職すれば、これが一気に七十円に下がる。話を聞いた銀行の幹部は猛反対する。重役の椅子が待っている有能な行員を、万年赤字学校に行かせる訳にはいかない。しかし行蔵にとって、大切なのはキミ夫人の意見だけだった。キミは、静かにこう言った。「貴方さえよろしかったら」

横浜正金銀行の退職金は五万円であった。五万円あれば、当時十年は楽に暮らせた。行蔵は、退職金を学校の赤字の穴埋めにつぎ込む。こうした努力にも関わらず、終戦の混乱期には生徒数が二・三十人にまで減少した。この危機を乗り越えるため、行蔵は奇抜なアイデアを捻り出す。一つは、英文タイプである。行蔵は、共同通信の記者・中屋健一を説き伏せて、会社の地下室で埃を被っていた英文タイプを借り出した。学校に英文タイプ部や英会話部を結成して、タイプ仕事を請け負ったのである。折からの英語ブームに乗って、これが大いに繁盛した。後に中屋は、東大教授に就任して米国史研究の第一人者となる。

もう一つのアイデアは、予備校である。戦後の学制改革によって、昌平中学は昌平高校となった。行蔵は、学制改革で大学の受験競争が激化すると予測し、理事たちの反対を押し切って予備校「正修英語学校」を設立する。建物は、昼間の空き教室を利用した。吉村昭の文学的自伝には「御茶ノ水駅近くにあった正修英語学校という予備校に通った」とある。(25) 大江健三郎が通ったのもここと思われる。結果的に行蔵の予測が見事に的中し、予備校収入のお陰で夜間学校は存続することができた。

校長としての行蔵の初仕事は、職員便所の撤廃であった。「先生がションベンしているところを、生徒に見られたって、別に恥ずかしいこたあ、ねえだろう」行蔵は、生徒たちの悩みや相談ごとにも気軽に応じた。夜間の授業が終わり、残っている生徒の面倒をみると、行蔵は一人で校舎のなかを見廻った。戸締りを確認し、火の用心をしてから世田谷の自宅に帰り着くと、午後十一時であった。

行蔵は、一度烈火のごとく怒ったことがある。昭和三十六年十月一日、昌平高校は秋の遠足を予定していた。前日の天気予報が台風の接近を告げたため、教務担当は遠足の延期を発表した。折悪しく行蔵は不在だった。後で報告を受けた行蔵は激怒する。

「お前は、だいたい何年定時制の学校にいるんだ。馬鹿。生徒はな、おい、十月一日に勤め先を休むためには、どのくらい前から工作しているか、分からないのか。前々から他人の仕事までしてやったり、朝早く出勤して自分のノルマを片付けておいたり、年齢なりに頭を働かせて休みをとってあるんだ。いつでもお前は授業のことしか考えていない。けしからん。昔は、ドシャ降りのなかで、爽快なる大運動会をやったもんだ。台風ぐらいで遠足を中止する、何ということだ」

顔写真を見ると、行蔵はげじげじ眉毛が印象的な面長で、笑顔が三島と似ている。ただし、六尺豊かな偉丈夫であったという。健三の衣鉢を継いで夜学に後半生を捧げた行蔵は、昭和三十七年に逝去する。享年六十二歳であった。

平岡家は官僚・法律家の家系であり、永井家は経済人の家系であって、橋家は学者・教育者の家系である。この三家の人々のうち、学生時代の印象が三島と似ているのは健行である。理系と文系と進む道は違ったが、二人とも秀才で早熟な文学少年として認められていた。

健行本人はもとより、健行近くの秀三、茂吉、祐之らは、いずれも文人肌の優秀な精神科医で、背後には鷗外の影があった。

三　三島由紀夫と金沢

三島の曽祖父は、橋健堂である。

諱は鵠、字は反求、蘭亭と号した。(26) 父は一巴（幸右衛門）、母は石川家の出で、金沢に生を享けた。健堂は書を善くした。長町四番丁（城下西部）に「弘義塾」を開くとともに、石浦町（城下中央部）に「正善閣」を開いて習字を教えるが、後者の対象は女子である。健堂は、多数の子弟を教育し、「生徒常に門に満つ」と称された。安政元年（一八五四）、加賀藩による「壮猶館」の開設に伴い、漢学教授となる。

卯辰山（向山・標高一四一m）は城東二kmの地で、泉鏡花の生家（下新町）に近い。辺りには、『義血侠血』の天神橋、『縷紅新草』の仙晶寺（蓮晶寺）、『照葉狂言』の乙剣宮などが散在し、山上には鏡花の句碑「はゝこひし　夕山桜　峰の松」が立つ。卯辰山は、金沢城を一望する要衝の地であることから、久しく開発が禁じられていた。慶応三年（一八六七）、藩主・前田慶寧の英断によって、卯辰山開拓の大工事が行われた。(27) 慶寧は、福沢諭吉の『西洋事情』に感化されて、「養生所」「撫育所」「集学所」などの医療・福祉・教育施設や、芝居小屋、料亭、茶屋など娯楽施設の整備を図る。

「集学所」の建設に尽力したのは、成瀬長太郎、米沢喜六、春日篤次など金沢の町年寄たちで、加賀藩の民間活力導入プロジェクトといえよう。[28]「集学所」は、庶民の子弟を対象とする「郷校」で、正しくは「町方会社集学所」といった。教科は素読・会読・講書からなる漢学、習字、算術で、無料だった。「集学所」の学童は、百五十名程度であったという。当時の子供たちが行き来した坂道は、今も「子来坂（こらいざか）」という名を留めている。健堂は「集学所」で教鞭をとる。時間割を自由にして、夜学の部を設けた。また『四書五経』中心の講義を改めて、『蒙求』を講じた。

明治三年、藩の文学訓導、筆翰教師となる。廃藩置県後の明治六年、小学校三等出仕に補され、八年、二等出仕に進み、十二年、木盃をもって顕彰された。健堂は、夜学や女子教育の充実など、教育者として先駆的であった。そして「壮猶館」「集学所」など、その出処進退は藩の重要プロジェクトと連動していた。

健堂の人となりは、「金沢は大藩なるを以て貴介の子弟来りて贄を執るもの少なからず、蘭亭之を視ること他生と異ならず、厳正自らを持し、教ふるに必ず方あり、名士多く其門に出づ」と『金沢市教育史稿』[26]にある。金沢の素封家・大村家から妻を迎え、つね、ふさ、こう、より、トミ、ひなと六人の子をなすが、いずれも娘であったため、瀬川健三を三女・こうの婿養子とした。健堂の『蒙求』中心の漢学や庶民教育にかける熱意は、養子の健三に継承される。明治十四年十二月二日、健堂は五十九歳で没し、野田山に葬られた(29)。野田山（標高一八〇m）は、城南四㎞に位置し、前田家墓所をはじめ、戦没者墓苑、市民墓地が北側の斜面に広がっている。

橋往来は、一巴の長男で、健堂の兄とされている。越次倶子の『三島由紀夫　文学の軌跡』には、往来が「一巴の長男」、健堂が「一巴の次男」と明記され、それを裏付ける「橋家系図」が掲載されている(30)。

しかし『金沢市教育史稿』には、往来の「父は幸左衛門、母は石川氏なり、往来幼にして兄一巴と」と書かれている。これが正しければ、一巴と往来の関係は親子ではなく、兄弟となる。また『金沢墓誌』の健堂の項に「兄健堂の後を承け、筆翰句読を徒に授く亦健堂と称す」と記され、『石川県史』には、健堂について「初め兄健堂、筆翰句読を以て徒に授け、蘭亭も亦少くして書を善くし、倶に時人に称せられる。既にして兄没し、蘭亭その後を承く。因りて又健堂と称し」とある(31)。これに誤りがなければ、健堂（蘭亭）の兄は往来ではなく、早世した先代の健堂ということになる。往来は健堂の兄ではなく、叔父なのであろうか。今後の研究課題である。

橋往来。諱は敬、字は子義、石圃と号した。通称を安左衛門、後に往来と改める。書を橘観斎に学び、後晋唐宋明諸名家の法帖を臨んで一家の機軸を出す。嘉永四年（一八五一）、家塾を開くと「学ぶ者常に数百人、聲名嘖々として遠近に聞え」、翌年に町儒者の免許を得る。慶応三年（一八六七）、加賀藩の書写役雇となり、明治三年、藩の文学訓蒙となる。明治五年、小学校三等出仕に補され、八年、二等出仕に進む。

往来は、端正質素で篆刻を好んだ。『金沢市教育史稿』には、「喫飯中と雖も座に筆硯を離さず、常に子弟を戒めて曰く学問は多年の熟練に在り、往来操行極めて固く、家貧なりと雖も膝を権門富家に屈せず、藩老某嘗て聘を厚くして之を招きしも、意に適せざることあるを以て辞せり、此時往来晩粲を買ふの資だになかりき」とある(26)。往来は、吉岡氏から娶った妻が早世し、井口氏から後妻を迎えた。二男一女をなし、長子の船次郎が家を継ぐ。明治十二年七月三十日、往来は六十二歳で没して、野田山に葬られた。

三島の高祖父は、橋一巴である。一巴は、鵠山と号した。通称は幸右衛門。漢学者で書家。石川家から妻を迎えた。加賀藩に召抱えられ、名字帯刀を許された。前田家の人々に講義を行ったという。

健堂、往来、一巴のなかで特に注目すべき人物は、健堂である。

健堂が出仕した「壮猶館」は、儒学を修める藩校ではない。「壮猶館」とは、加賀藩が命運を賭して創設した軍事機関なのである。[32] 嘉永六年（一八五三）、ペリー率いる黒船の来航は、人々に大きな衝撃を与えた。二百余年に及ぶ幕府の鎖国体制を崩壊させる外圧の始まりである。以後、幕府はもとより、各藩において海防政策が最重要課題となった。「日本全体が主戦状態にある」という現状認識からである。加賀藩も財政難に苦しみながら、海防強化に乗り出してゆく。安政元年（一八五四）、上柿木畠の火術方役所所管地（現在の知事公舎横）に「壮猶館」が整備される。[33] 施設は、加賀藩の軍制改革の中核的な存在として明治初年まで存続した。

「壮猶館」では、砲術、馬術、洋学、医学、洋算、航海、測量学などが研究され、訓練や武器の製造を行った。さらに加賀藩では、西洋流砲術の本格的な導入と軍制改革を図るため、洋式兵学者の招聘を検討する。村田蔵六、佐野鼎、斎藤弥九郎の三人が候補に上がり、安政四年（一八五七）、西洋流砲術家として名高い佐野鼎が出仕する。佐野は、西洋砲術師範棟取役に就任した。この経緯は、前掲の松本英治教諭の『加賀藩における洋式兵学者の招聘と佐野鼎の出仕』に詳しい。[34]「壮猶館」では、佐野を中心に海防が議論され、軍事研究の深化が図られた。健堂と佐野は、親しかったという。佐野は、万延元年（一八六〇）の遣米使節、文久元年（一八六一）の遣欧使節に随行し、海外知識を生かして加賀藩の軍事科学の近代化に貢献する。七尾に黒船が来航した際には、アーネスト・サトウと会見した。[35] 佐野は、明治新政府の兵部省造兵正に任官する。明治二十一年に健三が、佐野の創設した共立学校に招かれるのは、「壮猶館」における健堂と佐野の親交の遺産ともいえよう。

三島の軍事への傾斜については、永井玄蕃頭尚志に淵源を求める声が多い。しかしルーツは、尚志よりむしろ健堂であろう。健堂は市井の漢学者ではなかった。何より平時の人ではなかった。幕末の動乱の時代、「壮猶館」関係者の危機意識は強かった。さらに「壮猶館」は単なる研究機関ではなかった。敷地内には、砲術のための棚場や調練場が設けられるとともに、弾薬所や焔硝製造所、軍艦所が付設されるなど、一大軍事拠点を形成していた。こうした軍事拠点の中枢にあって、健堂は海防論を戦わせ、佐野から洋式兵学を吸収する立場にあった人である。「壮猶館」の資料として『歩兵稽古法』『稽古方留』『砲術稽古書』が残されている。これらは、三島が陸上自衛隊富士学校で学んだ戦術の先駆をなすものといえよう。健堂の血は、トミ、倭文重を通じて三島の体内に色濃く流れていた。晩年の三島が、西郷隆盛を語り、吉田松陰を語り、久坂玄瑞を語ったのは、健堂の血ではなかったか。

『春の雪』には、「終南別業」が登場する。

王摩詰の詩の題をとって号した「終南別業」は、鎌倉の一万坪にある一つの谷をそっくり占める松枝侯爵家の別邸である。モデルは、前田侯爵家の広壮な別邸だという。「終南別業」

を描きながら、徳川末期に橋家三代が仕えて、大正期に祖父の願いを容れて土地を提供した前田家のことを、果たして三島は意識していたのであろうか。

金沢が舞台となった小説は、『美しい星』である。

「金星人」の美少女・暁子は、「金星人」の美青年・竹宮に会うため金沢を訪れる。金沢駅、香林坊、犀川、武家屋敷、尾山神社、兼六公園、浅野川、卯辰山、隣接する内灘などが描かれている。卯辰山には、かつて健堂が教鞭をとった「集学所」が設けられていたが、『美しい星』では遠景として登場する。昭和三十六年十二月一日と二日、三島は取材のため金沢の街を歩いている。二日間という限られた時間のなかで、果たして三島は橋家由縁の場所を訪れたのであろうか。

金沢では、人々の生活に謡曲が深く浸透している。小説では、金沢のこの風習が巧みに生かされている。竹宮は、暁子に奇怪な話を語る。自分が「金星人」であることの端緒をつかんだのは、この春の『道成寺』の披キからである、と。


どこで竹宮が星を予感してゐたかといふと、この笛の音をきいた時からだつたと思はれる。細い笛の音は、宇宙の闇を伝はつてくる一條の星の光りのやうで、しかも竹宮には、その音がときどきかすれるさまが、星のあきらかな光りが曙の光りに薄れるやうに聴きなされた。それならその笛の音は、暁の明星の光りにちがひない。
彼は少しづつ、彼の紛ふ方ない故郷の眺めに近づいてゐた。つひにそこに到達した。能面の目からのぞかれた世界は、燦然としてゐた。そこは金星の世界だつたのである。

（三島由紀夫『美しい星』）

三島は、能舞台が金星の世界に変貌する様を鮮やかに描いている。初めて能にふれた日から、この時までにほぼ四半世紀の歳月が流れていた。十三歳の公威が、祖母のトミと観たのは『三輪』であった。杉の木陰から声がして、玄賓僧都の前に女人の姿の三輪明神が現れる。三輪明神は、神も衆生を救う方便としてしばらく迷いの深い人の心を持つことがあるので、罪業を助けて欲しいと訴える。三輪の妻問いの神話を語り、天照大神の天の岩戸隠れを物語って、夜明けとともに消えてゆく。謡曲『三輪』は、「夢の告、覚むるや名残なるらん、覚むるや名残なるらん」という美しい詞章で終わる。(36)
この詞章は、三島の遺作『豊饒の海』の大団円のイメージに通じる。現代語訳をすれば、次のようになろうか。

「夢のお告げが、覚めてしまうのは、実に名残惜しい、まことに名残惜しいことだ」

【参考文献】

（1）『開成学園九十年史』開成学園九十年史編纂委員会　昭和三十六年　開成学園
（2）『開成の百年』昭和四十六年　開成学園
（3）『佐野鼎と共立学校』松本英治　平成十三年　開成学園
（4）「大屋敦」（『私の履歴書　経済人七』昭和五十五年　日本経済新聞社）
（5）「伊部恭之助」（『私の履歴書　経済人三十四』平成十六年　日本経済新聞社）
（6）『三島由紀夫十代書簡集』三島由紀夫　平成十四年　新潮社
（7）『年表作家読本　三島由紀夫』松本徹編著　平成二年　河出書房新社
（8）『倅・三島由紀夫』平岡梓　昭和四十七年　文藝春秋
（9）『倅・三島由紀夫（没後）』平岡梓　昭和四十九年　文藝春秋
（10）「二人の友　橋健行と菅原教造」本林勝夫（『短歌研究』昭和四十六年七〜八月）
（11）『斎藤茂吉全集』第一〜三十八巻　岩波書店
（12）「開成中学時代の斎藤茂吉」藤岡武雄（昭和三十七年度『研究年報』十一　日本大学文理学部三島）
（13）『旅人の夜の歌　自伝』吹田順助　昭和三十四年　講談社

（14）「立志」橋健行（『校友会雑誌』十号　明治三十年七月）
（15）「銚子紀行」橋健行（『校友会雑誌』十二号　明治三十年十二月）
（16）「転校したる友人に与ふる文」橋健行（『校友会雑誌』十七号　明治三十二年七月）
（17）「少年は再来せず」橋健行（『校友会雑誌』二十号　明治三十三年三月）
（18）「筆」橋健行（『校友会雑誌』二十二号　明治三十三年十二月）
（19）『わが歩みし精神医学の道』内村祐之　昭和四十三年　みすず書房
（20）『松沢病院を支えた人たち』宮内充　昭和六十年　私家版
（21）『千葉大学医学部八十五年史』昭和三十九年　千葉大学医学部創立八十五周年記念会
（22）「橋健行の墓」小池光（『図書』平成十六年五月）
（23）『新訂版・年譜　斎藤茂吉伝』藤岡武雄　平成三年　沖積舎
（24）「夜学こそ我等が誇り」米山安一（『文藝春秋』昭和三十七年一月）
（25）『私の文学漂流』吉村昭　平成二十一年　筑摩書房
（26）『金沢市教育史稿』日置謙　大正八年　石川県教育会
（27）『人づくり風土記　石川』平成三年　農山漁村文化協会
（28）『石川県大百科事典』平成五年　北國新聞社
（29）『金沢墓誌』和田文次郎編　大正八年　加越能史談会
（30）『三島由紀夫　文学の軌跡』越次倶子　昭和五十八年　広論社
（31）『石川県史』第三編　昭和四十九年　石川県図書館協会

（32）「加賀藩の軍制改革と壮猶館」倉田守（『北陸史学』平成十五年十二月）
（33）『稿本金沢市史』学事篇二　金沢市編　昭和四十八年　名著出版
（34）「加賀藩における洋式兵学者の招聘と佐野鼎の出仕」松本英治（『洋学史研究』平成十七年四月）
（35）「万延訪米の加賀藩士佐野鼎について」水上一久（『北陸史学』昭和二十八年四月）
（36）『日本古典文学全集　謡曲集』昭和四十八年　小学館

〔注記〕ウィキペディア（Wikipedia）に「橋健三」「橋健堂」の項目があるが、その記述の多くは、平成二十三年九月に発表した拙論「三島由紀夫と橋家」からの引用である。とりわけ「橋健堂」の生涯・人物・学問所「壮猶館」の記述は、拙論の丸写しに近い。これを〃パクリ〃とまではいわないが、筆者としてあまり気分のよいものではない。おまけに「橋健三」の人物像では、越次倶子『三島由紀夫　文学の軌跡』に記載された〃間違い〃を混ぜこんでいる始末である。困ったことである。

第二章　三島由紀夫の先駆

——伯父・橋健行の生と死

一　文学少年グループ「桂蔭会」

橋健行は、明治十七年（一八八四）二月六日に金沢で生を享けた。

父は漢学者の橋健三で、母はこう。健行は長男であった。翌十八年、健三は、こうと乳飲み子の健行を連れて上京する。一家は、小石川に居を構えた。二十一年、健三は共立学校（現在の開成高校）に漢文・倫理の教師として招かれる。こうが死去し、二十三年、健三はこうの妹であるトミを後妻に迎える。当時、健三は二十九歳、トミは十六歳、健行は六歳であった。健三とトミの間には、雪子、正男、健雄、行蔵、倭文重、重子の三男三女が生まれた。倭文重は、後に三島の母となる。

学生時代の健行は、抜群の秀才として鳴らした。

明治三十四年に開成中学を卒業し、一高、東大医科に進んで精神病学を専攻するが、常に首席であったという(1)。健行の秀才ぶりは、同級生であった斎藤茂吉が次のように証言している。

　橋君は、中学でも秀才であつたが、第一高等学校でもやはり秀才であつた。大学に入つてからは、解剖学の西成甫君、生理学の橋田邦彦君、精神学の橋健行君といふ按配に、人も許し、本人諸氏も大望をいだいて進まれた。

（斎藤茂吉『回顧』(2)）

西成甫（一八八五―一九七八）は、東京出身で、東大教授や群馬大学長を歴任した解剖学者である。『人体解剖実習』『人体解剖学』『人体解剖図譜』などを著したほか、エスペラントの普及に尽力し、日本エスペラント学会理事長をつとめた。特筆すべきは、自らの遺骨を骨格標本として東大医学部標本室に残したことである。

橋田邦彦（一八八二―一九四五）は、鳥取出身の生理学者で、実験生理学を提唱して、『生理学要綱』や『科学の日本的把握』などを著した。道元と中江藤樹に心酔し、禅、陽明学にも通じていた。東大教授や一高校長を経て、近衛内閣・東条内閣で文部大臣に就任し、「科学する心」という言葉を残す。

戦後、橋田は、戦犯容疑で召喚される直前に服毒自殺を遂げた。遺書には、「大東亜戦争開始ニ際シ輔弼ノ大任ヲ拝シナガラ其責ヲ果シ得ザリシコトヲ　謹ンデ　皇天ニ対シ御詫申上グ　天皇陛下万歳　今回戦争責任者として指名されしこと光栄なり。さりながら勝者の裁きにより責任の所在軽重を決せられんことは、臣子の分として堪得せざる所なり。皇国国体の本義に則り茲に自決す。或は忠節を全うする所以にあらずと云はれんも我は我の信念に従ふのみ。

大詔渙発の日既に決せんと思ひしも、邦家の将来に向って聊か期するところあり忍んで今日に到り、敵の召喚をうけて時節到来せるを歓ぶ」と記されていた。巻紙に墨書した橋田の遺書は、鳥取県立博物館に収蔵されている。

斎藤茂吉（一八八二―一九五三）は、開成中学の同級生・健行に二年遅れて医師となった。一高入試に失敗し、東大在学中にチフスで卒業延期となったためである。山形出身の茂吉は、粘り強い晩成型であったといえよう。

健行は、早熟な文学少年であった。

開成中学三年（十四歳）頃から文学グループを結成した。村岡典嗣をリーダー格として、吹田順助、健行、菅原教造、菊池健次郎、江南武雄、今津栄治、樋口長衛、新井昌平の九名で、「桂蔭会」と称して廻覧雑誌を作った。弁舌爽やかな少年たちで、住居が本郷を中心としていたことから「山手グループ」と呼ばれて、校内の注目をあびた。「桂蔭会」に入れない生徒たちからは、揶揄をこめて「竹林の七賢」と称された。いずれにしても「桂蔭会」は、周囲に大きな刺激と影響を与えた。触発された生徒のなかには、茂吉や辻潤がいた。(3)

吹田は、自伝『旅人の夜の歌』で「桂蔭会」を回顧している。(4)

彼らは、校庭の一隅にあった桂の木蔭で哲学を論じ文学を語った。紅葉、露伴、鴎外、上田敏、キーツ、バイロン、ゲーテなどを読んだという。村岡は、親戚の佐佐木信綱家で仕入れた文学知識が豊富で、正月には、村岡が選んだ「万葉百人一首」で歌留多を作って遊んだ。浅草の智光院で講演会や合評会を催したほか、房州めぐりの旅行作文会などを試みた。国文の教科書の一つが『土佐日記』であったことから、古典にも興味を寄せて、村岡は、しきりに『八犬伝』が面白いと仲間に薦めたという。

「桂蔭会」の村岡、吹田、健行、菅原は、後年、大いに名を成す。

村岡典嗣（一八八四—一九四六）は、早大哲学科を卒業後、新聞記者をつとめながら『本居宣長』を上梓し、これが認められて広島高師教授、東北大教授を歴任した。『日本思想史研究』が名高く、『素行・宣長』『平田篤胤』を著したほか、『本居宣長全集』の編纂、林子平の『海国兵談』や山鹿素行の『聖教要録・配所残筆』の校訂などを手がけた。村岡は、宣長や篤胤を深く研究したが、三島は、神道のなかでもとりわけ平田の復古神道に関心を寄せた。小説では『鏡子の家』『奔馬』、評論では『《道義的革命》の論理』『葉隠入門』『革命哲学としての陽明学』などで篤胤に言及しており、三島は、変革を誘発する国体思想として「平田流神学から神風連を経て二・二六にいたる精神史的潮流」ととらえていた。

吹田順助（一八八三—一九六三）は、東大独文科を卒業し、東京商大教授、中大教授などを歴任した。ヘルダーリンの研究家で、山岸光宣、茅野蕭々とともに「独文三巨匠」と称された。訳書にヘルダーリンの『ヒュペーリオン』『ヘルデルリーン詩集』、ゲーテの『伊多利紀行』などがある。

三島は、学生時代から吹田の訳書に親しんだ。昭和十八年四月、東文彦に宛てた書簡に「ヘルデルリーンの『ヒューペリオン』を買って」とあり、手塚富雄との対談『ニーチェと現代』では「戦争中、ヘルダーリンに夢中になって」と発言している。ヘルダーリンの影響は、三島の晩年にまで及び、戯曲では『魔神礼拝』、小説では『禁色』『絹と明察』で触れたほか、『潮騒』の自然描写は『ヒュペーリオン』の根本的な影響を蒙っている。さらに『アポロの杯』『小説家の休暇』『小説とは何か』などの主要な評論で言及したばかりか、自らヘルダーリンの詩『むかしと今』を翻訳している。

昭和三十二年、七十歳を越えた吹田は、滝沢馬琴の晩年を描いた小説『馬琴と路女』を同人誌に発表する。(5) 少年期の「夢の名残」であろうか。周知のとおり三島の馬琴好きは、終生続いた。『豊饒の海』に『南総里見八犬伝』の影響を指摘する声は多く、最後の歌舞伎作品『椿説弓張月』は馬琴の原作で、未完に終わった『日本文学小史』では、「集大成と観念的体系のマニヤックな文化意志としての曲亭馬琴」の執筆を予定していた。

異彩を放つのは、菅原教造（一八八一―一九六七）である。東大哲学科を卒業した菅原は、東京女高師（現在のお茶の水女子大）教授として、心理学、家事概論、美学を講じ、被服学の体系化につとめた。「山羊先生」の異名で、附属高女専攻科の生徒に人気が高かった。幼くして失くしたわが子を偲ぶ山羊髭であったという。菅原は、歌舞伎座に歌右衛門や羽左衛門を訪ねて、歌舞伎衣裳の色彩を調査し、服飾の芸術的研究をまとめるなど、ユニークな業績を残した。『衣服心理学』『服装文化論』を上梓したほか、遺稿集の『服装概説』がある。(6)

「桂蔭会」の活躍を横目で見ていた辻潤（一八八四―一九四四）は、実家の没落により開成中学を退学し、夜学に通いながら語学を身につけた。アナキストやダダイストに接近する一方で、ロンブロオゾオの『天才論』などを翻訳した。辻の訳した『天才論』は大変な評判を呼び、日本三大奇書のうちの二つ、小栗虫太郎の『黒死館殺人事件』と夢野久作の『ドグラ・マグラ』にも影響を与えた。

三島は、十六歳で辻の訳書を読んでいる。昭和十六年九月、東文彦に宛てた書簡に「チェザレ・ロムブロオゾオの天才論をよみました。とにかく呆れ返ったものです。（キチガイ論なのです）」とある。三島は『天才論』からよほど強烈な印象を受けたとみえて、小説では『贋ドン・ファン記』『ラディゲの死』『暁の寺』、評論では『心中論』『文章読本』『小説とは何か』でロンブローゾに言及している。

二　橋健行の文章

「桂蔭会」の俊英・健行は名文家であった。

立志とは何ぞ、是即吾人の行はんと欲する所の志、念々常に止まらざるを云ふ。而して其の志を遂げんと欲せば、百折不撓の気象なかるべからず。古語に曰く、志あるものは事遂に成ると又曰く志立つるは学の常なりと、吾人は以て是を無双の格言となすべし。

（四級二　橋健行『立志』(7)）

健行十四歳の作文は、漢文の匂いが強い。幼少の頃より父の健三から徹底的に仕込まれた漢学の成果が認められる。現在では、校歌や応援歌の歌詞以外に「百折不撓」の文字を目にすることがない。しかし当時の青年は、軍隊で「百折不撓」の意義を学んだ。創設当初の帝国陸軍は、仏陸軍式の『歩兵操典』を採用したが、ドイツからメッケルを招聘して近代的軍制の整備を進め、明治二十四年に独陸軍式の『歩兵操典』に切り替えた。爾来、兵器の進歩に伴い改正

を行ったが、昭和三年の『歩兵操典』には「百方手段ヲ尽シテ突撃ノ機会ヲ誘起シ百折不撓ノ勇気ヲ現シ」とある。(8)

「其の志を遂げんと欲せば、百折不撓の気象なかるべからず」と大上段に構えた一文は、前髪立ての少年剣士の軒昂とした意気を示している。

いつしか犬吠岬の懸崖の下に至る仰ぎ見れば数十名の生徒等は既に中間にありて、互に先登を制せんとするは、恰も廿七八年の役に我軍か玄武門を進撃したらんが如し、かくて頂上に達すれば、殿隊の一団漸く崖下に群りて岩壁に蟻附せるさまは、昔楠木正成が拠りけん赤坂城当時の様も追想せられて面白し、抑々犬吠岬は鹿島灘の南端にありて海中には無数の岩礁兀立し、舟行最も危険なれば此処に、燈台を設けたるなり、東辺を望めば水天髣髴漠として際涯なり、巨浪の岩石を打つものは砕けて玉となり、散して雪となりて、四辺恰白絹を晒すが如し

（四級二　橋健行『銚子紀行』）(9)

「恰も廿七八年の役に我軍か玄武門を進撃したらんが如し」は、生徒を日清戦争の皇軍兵士に見立てた表現である。明治二十七年、平壌城に籠った清国軍が頑強に抵抗したため、正面か

ら攻撃した大島旅団は退却を余儀なくされ、西正面の第五師団主力も攻撃に失敗した。一方、立見旅団と元山支隊は奮戦した。特に歩兵第十八連隊の三村中尉の一隊が玄武門を攀じ登ることに成功し、激戦の末、清国軍を駆逐した。(10)

「玄武門一番乗り」の勇者・原田重吉は、金鵄勲章功七級を授与されて、一躍国民的ヒーローとなった。その姿は、数々の錦絵に描かれ、芝居にされた。代表的な錦絵は、田口米作（一八六四—一九〇三）の『平壌玄武門兵士先登之図』（早大図書館所蔵）で、おそらく健行はこの錦絵を見ていたのであろう。戦争芝居の先鞭をつけたのはオッペケペー節の川上音二郎（一八六四—一九一一）で、「玄武門一番乗り」は絶好の演目となった。東京の新富座における公演では、原田本人が「原田一等卒」を演じた。

「昔楠木正成が拠りけん赤坂城当時の様も追想せられて面白し」は、日頃から『太平記』(11)に親しんで機略縦横のゲリラ戦に血を滾らせ、正成に憧憬の念を抱いてなければ、とうてい書けない文章である。健行少年は、『太平記』の「正成一人未ダ生テ有ト被聞召候ハヾ、聖運遂ニ可被開ト被思食候へ」や「東西ノ山ノ木陰ヨリ、菊水ノ旗二流松ノ嵐ニ吹靡カセ」のくだりに胸を熱くした、そう考えては推量が過ぎるであろうか。

一九五九年に『金閣寺』を翻訳して英米における三島の評価を決定づけたのは、アイヴァン・

モリス（一九二五―一九七六）である。三島の死後、モリスは、日本史の悲劇の英雄たちの軌跡をたどり『高貴なる敗北』を上梓した。同書は、トム・クルーズが主演した映画『ラストサムライ』の構想に大きな影響を与えたことでも知られている。モリスは、三島の自決に導かれて、日本武尊、楠木正成、大塩平八郎、西郷隆盛など、「高貴なる敗北」の系譜に連なるサムライを描いた。

正成の判断力の柔軟性と即興性はよく知られている。これらは芸術家の想像力の特性に似かよった特性と言える。
（アイヴァン・モリス『高貴なる敗北』(12)）

モリスは、このように正成を評している。健行が正成に惹かれたとすれば、芸術家の想像力の特性に似かよった柔軟性と即興性に、一つの理想の姿を認めたからではあるまいか。正成は、「至誠」の人であった。「至誠」は、暗黒の夜空に一瞬、稲妻のような光を走らせる。「七生報国」を念じつゝ湊川で自刃した楠木正成。その正成に言及した橋健行。「七生報国」の鉢巻を締め市ヶ谷で自裁した三島由紀夫。そこに一筋の水脈を感じる。

貴兄も男子の一度決心せられし所に候へば今更彼此申すも反りて兄が前途にも関係を及ぼす事に御座候故不肖は敢へて此の事に就きてはもはや一言をも述べずひたすら兄が奮励刻苦あらせられん事を希期致し候

（三級三組　橋健行『転校したる友人に与ふる文』[13]）

汝が肩には国家あり、汝が頭脳には必世界なかるべからず、且繽粉錯雑せむとする汝が思想はこれをして劃一たらしめざるべからず健々霊妙なる汝が手腕はこれをして発揮せしめざるべらざるなり、盖国家なければ独立を失ひ、世界なければ固陋に流る

（二級一組　橋健行『少年は再来せず』[14]）

健行十六歳の文章である。ここでは、「繽粉」という語彙に注目したい。普段使われることのない言葉で、「ひんぷん」と読む。多くのものが入り乱れるさまを表現しており、用例としては、坪内逍遥の『小説神髄』に「事序繽粉として情通ぜず」[15]、徳冨蘆花の『思出の記』に「風度る毎に落花繽粉」などがある。[16]

文学少年の健行は、あるいは『小説神髄』や『思出の記』を読んでいたのかもしれない。しかし健行の「繽粉」は、前後の文章によく馴染んでおり、近代文学の一時的な影響ではなく、

幼少より親しんだ漢詩の語彙を用いたと考えるべきであろうか。「繽粉」の二文字は、わが国最古（七五一年）の漢詩集『懐風藻』に登場する。

侍宴　藤原総前

聖教越千祀　英聲満九垠　無為自無事　垂拱勿労塵
斜暉照蘭麗　和風扇物新　花樹開一嶺　絲柳飄三春
錯繆殷湯網　繽紛周池蘋　鼓枻遊南浦　肆筵樂東濱

（『懐風藻』）(17)

「聖教越千祀　英聲満九垠」は、「天子の教えは千年を越え、天子の誉れは天地に満ちている」という意味で、治世を讃えた詩である。

三島は、未完に終わった『日本文学小史』のうち、一章を『懐風藻』に割いている。三島は「外来の観念を借りなければどうしても表現できなくなつたもろもろのものの堆積を、日本文化自体が自覚しはじめたといふことにおいて重要である」と高く評価している。

「国家なければ独立を失ひ、世界なければ固陋に流る」は、健行が十六歳にして確固とした国家観を有していたことを示す一文といえよう。国家の躍進に自らの人生の軌跡を重ねることを夢見た「明治の青春」の息吹が感じられる。文面を通して志が高く、気宇壮大な少年の姿が浮かんでくる。

一たび走れば、数千万言、奔馬の狂ふがごとく流水の暢々たるが如く、珠玉の転々たるがごとく、高尚なる思、優美なる想を、後に残して止まらざるもの、これを文士の筆となす。一たび躍れば、龍舞ひ、虎踞り、獅吠え、狼嘯くがごとく、一見懦夫をしてよく身を正しくせしむるもの、これを書家の筆となす。

（五年生　橋健行『筆』(18)）

「一たび走れば、数千万言、奔馬の狂ふがごとく」という文章から、誰もが三島を連想するであろう。三島のライフワークとなった『豊饒の海』第二巻の題名は、周知のとおり『奔馬』である。そして三島文学に詳しい者は、『花ざかりの森』の秀抜なアフォリズムを思い浮かべるかもしれない。

美は秀麗な奔馬である。

（三島由紀夫『花ざかりの森』）

明治三十三年、『筆』橋健行　十六歳。

昭和十六年、『花ざかりの森』三島由紀夫　十六歳。


四十余年の歳月を隔てながら、見事に照応している。傑出した文学者は、一代で誕生するものではない。数世代をかけた文化の集積を必要とする。金沢を源流とした橋一巴、橋健堂、橋健三――橋家三代にわたる漢学の研鑽を礎にして、明治後期に文学少年・橋健行は颯爽と登場した。大正末に健行の妹・倭文重から公威が生まれる。昭和の時代、公威は「三島由紀夫」の筆名で大輪の花を咲かせる。

橋健行は、文学者三島由紀夫の先駆けであった。

三　医学博士・橋健行

東大精神科の付属病院は、東京府巣鴨病院（後の松沢病院）であった。

明治四十一年、東大を卒業した健行は、呉秀三のもとで精神病学を専攻した。四十三年には、健行より二年遅れて斎藤茂吉が医師団に加わる。大正期の巣鴨病院のスタッフは、院長が呉秀三教授、副院長が三宅鉱一助教授、医長が講師の黒沢良臣と健行の二人であった。

健行や茂吉が教えをうけた呉秀三（一八六五―一九三二）は、箕作阮甫の流れを汲んでいる。

わが国の精神医学の先駆者で、鷗外に親炙し、『シーボルト先生』や『華岡青洲先生及其外科』を上梓するなど、名文家としても知られた。秀三の長男が、ギリシア・ラテン文学の権威・呉茂一（一八九七―一九七七）である。茂一と三島の関わりは深い。昭和二十九年、ロンゴス作／呉茂一訳『ダフニスとクロエー』が『潮騒』の藍本となり、三十年頃、ギリシア熱の三島は、茂一からギリシア語を学ぶ。父の秀三と伯父の健行、息子の茂一と甥の三島、二組の師弟関係は奇しき因縁といえよう。

内村祐之（一八九七―一九八〇）は、内村鑑三の長男で、医学を志し、健行や茂吉の後輩にあたる。祐之は、自伝『わが歩みし精神医学の道』のなかで当時を回想して、細心・緻密な黒沢良臣医長と豪放・磊落な橋健行医長の二人が、「好個のコンビをなし、このすぐれた両医長のもとで、医局は、好学と調和と勤勉さとに満ちた好もしい空気をかもし出していた」と記している(19)。後年、祐之は、東大教授やプロ野球コミッショナーなどを歴任した。

巣鴨病院には、もう一人忘れてはならない人物がいた。

「蘆原将軍」こと蘆原金次郎（一八五二―一九三七）である。高岡出身の元櫛職人で、将軍を自称して、ジャーナリズムを大いに賑わす入院患者であった。将軍は、長い廊下の突当りに月琴などを携えて回診を待っていた。医師が来れば、赤酒の処方を強要した。赤酒とは赤ワインのことであるが、健行もこれを処方したのであろうか。金ぴかの大礼服を着して、世界情勢を語る「蘆原将軍」は、大衆に絶大な人気があった。将軍の病気については、各医師の診断がまちまちで、統合失調症、パラノイア、パラフレニー、躁病のいずれとも確定していない。筒井康隆は、「葦原将軍」をモデルにした『将軍が目醒めた時』を著している。

　あなたは古いフロック・コートを軍服のようにつづりあわせ、胸には金紙銀紙の勲章をつけ、紙の大礼帽をかぶって居丈高に構え、皇太后陛下から頂いたという月琴を調子はずれにかき鳴らしていました。その写真はあらゆる新聞に載り、国民の爆笑を呼びました。日露戦争の時には、あなたはその当時の内閣に対する不満を述べた。そしてあなたは日本最終の内閣と称して蘆原内閣を組閣しました。

（筒井康隆『将軍が目醒めた時』[20]）

大正十四年六月、呉秀三が松沢病院を退任し、院長には三宅、副院長に健行が就任した。[21]翌十五年、建行は学位を授与された。医学博士・橋健行である。昭和二年八月、健行は松沢病院副院長から千葉医科大学（現在の千葉大医学部）助教授に転出した。[22]

この頃、健行が婦人雑誌に寄稿していたという話がある。

「婦人世界」の付録で、読者からの人生相談に「医学博士　橋健行」として回答していたというのである。筆が立つ健行には、あり得る話である。しかしながら媒体が、昭和初期の婦人雑誌の付録であることから、筆者は未見である。この付録を所有する方がおられたら、情報を寄せていただきたい。

三島は、自らの作品の読者として、婦人層の取り込みに意を用いた。「婦人公論」に『純白の夜』『音楽』、「主婦の友」に『恋の都』、「婦人朝日」に『女神』、「婦人倶楽部」に『永すぎた春』『愛の疾走』、「若い女性」に『お嬢さん』、「マドモアゼル」に『肉体の学校』『夜会服』、「女性自身」に『三島由紀夫レター教室』、「女性セブン」に『複雑な彼』。三島は、女性誌にこれ程多くのエンターテインメントを連載している。さらに一つ加えると、『文章読本』は「婦人公論」の別冊付録である。健行が「婦人世界」に執筆していたとすれば、ここでも三島に先駆けたことになる。

「婦人世界」は、明治三十八年創刊の月刊誌で、村井弦斎が編集顧問の頃は三十万部を超える人気雑誌であった。村井弦斎（一八六四―一九二七）は、三河吉田藩の漢学者の家に生まれ、外遊を経て、ジャーナリストとして活躍した。著書の『食道楽』は、蘆花の『不如帰』と並ぶ明治の大ベストセラーで、『美味しんぼ』の嚆矢とされる。弦斎は美食家であったが、後年、虫を食したり断食を繰り返すなど、奇行に走ったという。「婦人世界」は、晶子や白鳥、秋声などが寄稿して、「実際的婦人」の啓蒙に大きな役割を果たした。版元は、実業之日本社から婦人世界社、ロマンス社、ロマンス出版社に移っている。

このロマンス社のオーナーが、式場隆三郎である。

式場隆三郎（一八九八―一九六五）の名は、三島読者に馴染が深い。新潟医専（現在の新潟大医学部）を卒業した精神科医で、千葉の式場病院の創設者である。白樺派との交流やサドの紹介、ゴッホの研究、山下清の画才の発見、渡辺金蔵の奇怪な建築を記録した『二笑亭奇譚』の上梓など、多彩な才能を発揮した。(23) ロマンス社の設立は、健行の死後となる昭和二十一年ではあるが、建行と式場の接点の一つとして「婦人世界」の存在が浮上してくる。周知のとおり二十四年七月、三島は、式場に自著『仮面の告白』と切実な内容の書簡を送っている。文面から、当時の三島と式場の間には、面識がなかったことが読みとれる。

一方、建行と式場の年齢差は十四歳である。現在と違って、精神科医の数が限られていた時代である。とりわけジャーナリズムで活躍する精神科医は、数少ない。野心に燃える青年医師の式場が、精神科医として令名を馳せる建行に接近したとしても何ら不思議はない。もう一つの接点が、千葉という土地である。式場が市川市に精神科の病院を開設したのは、昭和十一年のことである。健行は、同年春まで千葉医科大学精神科の教授をつとめていた。県下の医療界で圧倒的な力を誇る千葉医科大学に話を通さぬまま、お膝元の市川市で大規模な病院の建設を進めるということはあり得ない。式場は、病院の開設を健行に相談した、そう考えてもあながち間違いではあるまい。

建行は、中村古峡が主宰した「日本精神医学会」の機関誌「変態心理」にも寄稿している。中村古峡（一八八一―一九五二）は、東大文学部で心理学を専攻し、漱石の門下として文学活動を展開するとともに、品川で心理療法を行う。不惑を過ぎてから東京医専（現在の東京医大）に学び、千葉に中村古峡療養所（現在の中村古峡記念病院）を開設した。「変態心理」は、大正六年から十年間にわたって刊行された月刊誌で、異常心理や超心理などを研究対象とした。健行は、この「日本精神医学会」の機関誌を通じて、井上哲次郎、和辻哲郎、柳田國男、南方熊楠、金田一京助、萩原朔太郎、森田正馬、福来友吉たちとの繋がりを持っていた。

三島は、こうした建行の周辺事情に驚くほど通じていた。一例を挙げると、十六年九月、東文彦に宛てた書簡に「大槻憲吉（母の亡兄の友だちだそうですが）という人の『精神分析読本』をよみ」とある。「憲吉」は三島の誤記で、正しくは「憲二」である。大槻憲二（一八九一―一九七七）は、早大英文科を卒業して、文芸評論のかたわら心理学を研究し、東京精神分析学研究所を創設した。大槻は、フロイトの翻訳と、江戸川乱歩や高橋鐵が参加した「精神分析研究会」を主宰したことで知られる。

中村古峡が主宰した「日本精神医学会」、そこに大槻憲二が主宰した「精神分析研究会」を加えると、健行の人脈は驚くほどの広がりを見せる。また、健行と文学者との関係では、古峡が中原中也の精神治療にあたり、正馬が倉田百三に森田療法を施したように、医師としての立場で接する機会があったかもしれない。三島と精神分析との関連、さらにいえば三島の性の問題を探るには、健行の周辺を洗い出す必要があるように思われる。

昭和五年一月、公威が自家中毒で危篤状態になる。一時は、脈が止まったという。家族の者は、屛風を逆さに立てたともいう。健行は、懸命の処置を施して公威を甦らせた。この時の様子が、『仮面の告白』に描かれている。

六年七月から八年九月まで二年余り、健行は、文部省在外研究員として留学し、欧米の碩学を歴訪した。帰国した年の十一月に教授となり、十年三月から付属医院長を兼ねた。

十一年四月十七日、健行は危篤に陥る。利根川の釣りで風邪をひきながら、医院長として無理をした結果、肺炎をこじらせたのである。翌十八日、輸血も空しく、健行は五十二歳の男盛りで急逝した。三島十一歳の春のことであった。

旧友の茂吉は、健行の病床を見舞い、葬儀に参列し、後に歌を詠んだ。

弔橋健行君

うつせみのわが身も老いてまぼろしに立ちくる君と手携はらむ　（斎藤茂吉『暁紅』[2]）

橋健行君墓碑

亡き友の墓碑銘かくと夜ふけてあぶら汗いづわが額より

手ふるひつつ書きをはりたる墓碑銘をわれ一人のみ見るは悲しも　（斎藤茂吉『霜』[2]）

昭和十六年、健行の死から五年の後、茂吉は、亡き友の父で、開成中学時代の恩師でもある橋健三の依頼を受けて、健行の墓碑銘の撰文と揮毫を行った。歌集『霜』に収められた二首は、この時の情景を詠んだものである。

茂吉の二男・北杜夫（一九二七―二〇一一）は、三島を回想したエッセイのなかで一つの逸話を紹介している。

小説が終ってから知ったことだが、母から聞くと、三島家と斎藤家とはかすかな因縁があるというのである。つまり、小説中の聖子がはじめ婚約関係にあった男性というのが、三島さんのお母さまの兄上にあたる方だったという。

（北杜夫「表面的な思い出など――三島由紀夫氏」[24]）

文中の「小説」とは、斎藤家の歴史を綴った『楡家の人びと』のことで、「母」は龍子のモデルとなった斎藤輝子である。[25]小説に登場する「聖子」のモデルは、輝子の妹（杜夫の叔母）の斎藤清子で、「三島さんのお母さまの兄上」とは、健行のことであろうか。小説では「聖子」の婚約者の家について、漢学者を「御典医」に変えている。そのためか『楡家の人びと』に橋家が描かれていることは、知られていない。

相手は家柄であった。代々御典医をし、現在もその一族の者には名のある医者が幾人もいた。臨床医ではないが、ひとつの学閥に勢力をもつそうした家と親戚関係を結ぶことは、楡脳病科病院の将来にとって益のないはずがない。当のその青年はまだ医学生の身ではあるが、成績もすこぶる優秀のようだ。

（北杜夫『楡家の人びと』[26]）

三島が、北杜夫の『楡家の人びと』を「戦後に書かれたもっとも重要な小説の一つ」と高く評価したのは、トーマス・マンを範とする文学観の共通性の故ばかりでなく、橋家と斎藤家との繋がり、健行と茂吉との深い絆を知っていたからではあるまいか。

建行の墓は、故郷金沢の野田山山麓に位置していたが、環状線の建設に伴って移転され、歌人や茂吉研究家の間では久しく所在不明とされてきた。平成十六年、歌人で仙台文学館館長の小池光（一九四七―）氏が、『橋健行の墓』と題したエッセイで「橋健行の墓はどこにある」と問いを発する。[27]

これに応えたのが、劇作家で金沢ふるさと偉人館館長の松田章一氏である。[28]

松田章一（一九三六―）氏は、金沢を代表する文化人で、金沢学院で教鞭をとるかたわら戯曲を発表されてきた。主な作品は、劇団昴・円が合同で公演した『島清、世に敗れたり』（文化庁舞台芸術創作奨励特別賞）、『和菓子屋包匠』（泉鏡花記念金沢市民文学賞）である。

平成十八年、松田氏は、墓地を管理する金沢市に照会して、健行の墓が野田山山頂の「平成墓地乙」に移転したことを突き止める。時雨のなかを現地に赴いて、曽祖父・橋一巴、父・橋健三の墓と並んで建つ健行の墓を探し出し、茂吉が撰した墓碑銘を確認された。[29]

筆者は、松田氏から橋家墓地の見取図や写真、健行の墓碑銘の写しなど、貴重な資料を提供していただいた。

健行の墓碑銘は、次のとおりである。

正五位橋健行墓

正五位醫學博士橋健行君健三先生長男明治十七年二月六日生金澤曾祖父一巴先生祖父健堂先生開塾教育藩子弟君幼穎悟經開成中學校第一高等學校明治四十一年卒業東京帝國大學醫科大學次就呉秀三教授専攻精神病學大正十四年爲松澤病院副院長十五年受領學位昭和二年任千葉醫科大學助教授六年爲文部省在外研究員歴訪歐米碩學八年歸朝同年任教授十年補附屬醫院長十一年四月十八日得病逝去葬累代塋域君天資圓滿晩讀老子恬淡澹自得學風精緻業績不滅也　醫學博士齋藤茂吉撰并書

正五位醫學博士橋健行君ハ健三先生ノ長男トシテ明治十七年二月六日金澤ニ生マル。曾祖父一巴先生祖父健堂先生ハ塾ヲ開キテ藩ノ子弟ヲ教育ス。君ハ幼クシテ穎悟（えいご）ナリ。開成中學校第一高等學校ヲ經テ明治四十一年東京帝國大學醫科大學ヲ卒業ス。次デ呉秀三教授ニ就キ精神病學ヲ専攻ス。大正十四年松澤病院副院長ト爲リ、十五年學位ヲ受領ス。昭和二年千葉醫科大學助教授ニ任ゼラル。六年文部省在外研究員ト爲リ歐米ノ碩學ヲ歴訪、八年歸朝シ同年教授ニ任ゼラル。十年附屬醫院長ニ補セラル。十一年四月十八日病ヲ得逝去ス。累代塋域（えいいき）ニ葬ル。君ハ天資圓滿、晩ク老子ヲ讀ミ、恬澹（てんたん）自得、學風精緻、業績不滅也。

醫學博士齋藤茂吉　撰幷ビニ書

「天資圓滿、恬澹自得、學風精緻、業績不滅也」

松籟のなか、健行は故郷金沢の懐にいだかれて眠っている。橋家の奥津城は、金沢城の南に位置した野田山の広大な霊園の一劃にある。藩祖前田利家の兄・利久がこの地に葬られたのが、野田山墓地のはじまりであった。

健行の墓碑を身守るように一巴と健三の墓石が建つ。橋一巴、橋健三、橋健行――三島由紀夫の血脈・橋家の墓地の彼方には、紺碧の日本海が広がっている。

【参考文献】

（1）「二人の友　橋健行と菅原教造」本林勝夫（『短歌研究』昭和四十六年七〜八月）
（2）『斎藤茂吉全集』第一〜三十八巻　岩波書店
（3）「開成中学時代の斎藤茂吉」藤岡武雄（昭和三十七年度『研究年報』十一　日本大学文理学部三島）
（4）『旅人の夜の歌　自伝』吹田順助　昭和三十四年　講談社
（5）『回想の吹田順助先生』「回想の吹田順助先生」刊行会　昭和四十年　同学社
（6）『服装概説　菅原教造先生遺稿集』菅原教造著／柳沢澄子編　平成元年　近藤出版社
（7）「立志」橋健行（『校友会雑誌』十号　明治三十年七月）
（8）『復刻版　歩兵操典』昭和四十五年　寿満書店
（9）「銚子紀行」橋健行（『校友会雑誌』十二号　明治三十年十二月）
（10）『日清戦争』旧参謀本部編纂　平成七年　徳間書店
（11）『日本古典文学大系　太平記』昭和三十五年　岩波書店
（12）『高貴なる敗北』アイヴァン・モリス／斎藤和明訳　昭和五十六年　中央公論社
（13）「転校したる友人に与ふる文」橋健行（『校友会雑誌』十七号　明治三十二年七月）
（14）「少年は再来せず」橋健行（『校友会雑誌』二十号　明治三十三年三月）
（15）『現代日本文学大系　政治小説・坪内逍遥・二葉亭四迷集』昭和四十六年　筑摩書房
（16）『現代日本文学大系　徳冨蘆花・木下尚江集』昭和四十六年　筑摩書房

(17)『日本古典文学大系　懐風藻　文華秀麗集　本朝文粋』昭和三十九年　岩波書店
(18)「筆」橋健行（『校友会雑誌』二十二号　明治三十三年十二月）
(19)『わが歩みし精神医学の道』内村祐之　昭和四十三年　みすず書房
(20)『将軍が目醒めた時』筒井康隆　昭和五十一年　新潮社
(21)『松沢病院を支えた人たち』宮内充　昭和六十年　私家版
(22)『千葉大学医学部八十五年史』昭和三十九年　千葉大学医学部創立八十五周年記念会
(23)『式場隆三郎めぐりあい』式場隆三郎　昭和五十一年　私家版
(24)『人間とマンボウ』北杜夫　昭和五十年　中央公論新社
(25)『精神科医三代』斎藤茂太　昭和四十六年　中央公論社
(26)『楡家の人びと』北杜夫　昭和四十六年　新潮社
(27)「橋健行の墓」小池光（『図書』平成十六年五月）
(28)「精神科医　橋健行」松田章一（『かなざわ』六六七号　平成二十二年　金沢商工会議所）
(29)「茂吉が書いた墓碑銘『再発見』」（平成十八年四月十五日　北國新聞）

第三章　三島由紀夫と神風連

――『奔馬』の背景を探る

一　神風連史話

死を前にして三島由紀夫は、憑かれたように神風連を語った。

林房雄や寺山修司などを相手にして語り、古林尚との対談『最後の言葉』では「ぼくのディオニソスは、神風連につながり……、暗い蒙昧ともいうべき破滅衝動につながっている」と心情を吐露した。

三島の著作に「神風連」の三文字が現れるのは、意外に遅く昭和四十二年のことである。元旦の「読売新聞」に掲載されたエッセイ『年頭の迷ひ』で、西郷隆盛の死とともに、加屋霽堅の最期に言及した。爾来、三島は『奔馬』において、一党の蹶起と滅亡を作中作の「神風連史話」として取り纏めるなど、深く傾倒していった。

『奔馬』の執筆に当たって、三島は次のような書籍を参考にしている。[1・2]

石原醜男『神風連血涙史』（昭和十年　大日社）[3]、石原醜男・徳富蘇峰・福田令寿『郷土文化講演会講演集』（昭和十年　九州新聞社）[4]、石光真清『城下の人』（昭和三十三年　竜星閣）[5]、荒木精之編著『神風連烈士遺文集』（昭和十九年　第一出版協会）[6]、木村弦雄『血史　前編』（明治四十年）[7]、小早川秀雄『血史　熊本敬神党』（明治四十三年　隆文館）[8]、桜山同志会編『殉難十六志士略伝』

（大正七年　河島書店）[9]、林櫻園『櫻園先生遺稿　全』児玉亀太郎編（昭和十八年　河島書店）[10]、福本日南『清教徒神風連』（大正五年　実業之日本社）[11]、森本忠『神風連のこころ』（昭和十七年　国民評論社）[12]、荒木精之『誠忠神風連』（昭和十八年　第一芸文社）[13]、加屋霽堅『加屋霽堅翁奏議遺稿　完』（明治二十年　眞盛舎）[6]、松山守善『自叙伝』（昭和八年）[14]。

この章では、これら参考文献を踏まえて、三島と神風連関係者との深い繋がりや影響など、『奔馬』の背景を探ってみたい。

二　森本忠と石原醜男

三島は、昭和四十一年八月に『奔馬』の取材のため、熊本市を訪れた。二十八日の夜は、料亭「おく村」で、荒木精之、福島次郎、蓮田善明未亡人・敏子、森本忠と歓談している[15]。前三者は、三島の読者に馴染深いが、森本忠とは、どういう人物であろうか。

森本忠（本名忠八）は、明治三十六年に熊本県飽託郡春日村（現熊本市春日町）に生を享けた。父の永八は能楽師で、一噌流の笛方であった。濟々黌、五高、東大英文科を卒業し、教職、朝日新聞社、日本新聞協会等を経て、文筆生活に入った。戦後は帰郷して、熊本商大の教授を務めた。

森本の生家の近くには、愛敬、猿渡、岩越といった神風連一党の遺族が住んでいた。森本の祖父母が、この人たちと親しく交際し、森本自身も子供同士で遊び友達であったという。森本が春日小から濟々黌に進むと、石原醜男が漢文の教師で、子息の石原和気男は同窓であった。(16)

両氏が腹一文字に掻き切ると同時に、以幾子は懐剣をわが喉に突き立てた。陰暦九月十四日の亭午をやや廻った頃である。阿部は享年三十七。以幾子は二十六。石原は三十五。

（三島由紀夫『奔馬』）

三島は、阿部景器・以幾子と石原運四郎の最期の様子を克明に綴っている。神風連の参謀・石原運四郎の遺児が石原醜男で、その時三歳であった。醜男が十二歳になると、母・安子は、父・運四郎の霊前で遺された一刀を与えて、諄々に遺訓を語り聞かせた。醜男は亡父の志を知り、志業が成らなかったことを深く哀しむとともに、その精神の闡明を期した。醜男は、独学で和漢の素養を積み、明治二十九年に濟々黌八代分校の嘱託、三十四年に本校で文検国漢科に合格して、大正十二年まで濟々黌で教鞭をとった。かたわら神風連の事績を丹念に掘り起こして、一党の名誉回復と顕彰とに生涯を捧げた。

醜男は、蒐集した神風連関連資料を惜しげもなく提供した。

世評に高い小早川秀雄の『血史　熊本敬神党』[8]と福本日南の『清教徒神風連』[11]は、醜男の資料に基づいて書かれたものである。日南は「君ならで誰かはとらむかくれぬの下にかくれて見えぬ玉藻を」の一首を醜男に贈った。また、神風連を題材とした小説には、長田幹彦の『神風連』[17]と十一谷義三郎の『神風連』[18]があるが、醜男は両者に資料提供を行い、執筆の相談にも与った。醜男自らは、六百頁近い大冊『神風連血涙史』[3]を著して、昭和十年に大日社から上梓した。同書は「神風連正史で、一応一党に関する定本とされている」[19]。三島の死後に出版された荒木精之の『神風連実記』[20]も、主として醜男の『神風連血涙史』を祖述したものである。心血を注いだ神風連正史の刊行で安堵したのか、醜男は翌十一年に逝去した。

三島の「神風連史話」は、石原醜男の『神風連血涙史』を正本とし、小早川秀雄の『血史　熊本敬神党』と福本日南の『清教徒神風連』を副本に祖述したと思われるが、体裁は木村邦舟の『血史　前編』[7]に近い。なお、『奔馬』において、本多繁邦は、神風連の行動を相対化するために「熊本バンド」の挿話を持ち出すが、これは『郷土文化講演会講演集』[4]に収録された福田令寿の「わが郷土文化に及ぼせる洋学の影響」に拠ったと思われる。

神風連の一挙に依て、旧思想の運動は其の「山」に達しました。其の同じ九年の一月、同じ熊本で、正反対なる新思想の運動の「山」が顕はれました。即ちゼーンス門下の基督教信奉で、此の「山」は、文字通り、花岡の山上で実現いたしました。

（福田令寿「わが郷土文化に及ぼせる洋学の影響」(4)）

神風連は、「熊本バンド」の生みの親で熊本洋学校の米国人教師・ジェーンズを夷狄として狙っていた。明治八年に殺害計画が具体化して、彼らは加屋霽堅に相談した。加屋は「時機を待て！」とこれを止めたという。ジェーンズは五年間の滞在を終えて、明治九年十月七日に離熊する。神風連の変の寸前であった。

熊本滞在二年目から、私には常に私の命をねらう刺客がつきまとっていた。その十二人の集団はお互いに誓いを立て、好ましからざる西洋の影響を排除するために命をかけて戦い、その張本人である私をなき者にしようというのだった。

（ジェーンズ『ジェーンズ熊本回想』(21)）

森本は、石原醜男から漢文の授業中に神風連の話を聞くことになる。夏休みには、課外教本として林桜園の採録を読まされた。醜男に連れられて、神風連百二十三士の墓が建ち並ぶ桜山神社を訪れたこともあった。森本が「事敗れて一党が切腹する際に辞世の歌を詠んだが、中に若い士で、そういう嗜みのなかった者がいて、『君がため鎮台兵を斬り殺し大江村にて腹切りにけり』と詠んだという話があるが、本当ですか」と尋ねると、醜男は大笑いして「そういう事が世間に伝わっているが、そら嘘たい。ばってんが、中々よく気分が現れとるから、無理に打ち消さんでもよかたい」と答えたという(12)。

文学を志した森本の交友関係は広かった。五高では、林房雄と同級であった。東大卒業後、熊本で教職にあった時には歩兵第十一旅団長の斎藤瀏少将と親交を結んだ。斎藤家で、芸術論やゲーテ論を闘わせて、徹宵飲み明かした。二・二六事件当時、朝日新聞社に勤務していた森本は、蹶起部隊によって三日間の缶詰を体験する。事件の直後、森本は斎藤少将に会い「新聞記者としてでなく一友人として君に話すから、内緒にして貰いたい」と二時間ばかり詳しい打ち明け話を聞かされた。

森本は、「新女苑」で蓮田善明とも対談している。森本の国語論を読んだ蓮田からの指名であったという。蓮田が濟々黌で一年後輩であることは、対談の後で知る。森本は、昭和十四年に自伝小説『僕の天路歴程』を〈ぐろりあ・そさえて〉から上梓するが、斡旋の労をとったのは保田與重郎であった。尾崎士郎の「文芸日本」や中河與一の「文芸世紀」とも繫がりを持ち、浅野晃など日本浪曼派の文学者と交遊した。森本は「学友、旧友のほか戦時中には驚くほど右翼関係の知人が多かった」と述懐している。大東塾の影山正治とも会い、影山は森本に「私も神風連です。狭く、狭くとやってゆくつもりです」と語ったという。『奔馬』の飯沼勲のモデルの一人は、影山だとされており、事実、三島が遺した「創作ノート」には、「影山」が再三登場する。

朝日新聞の記者となった森本は、林桜園の思想を中心に神風連の研究を深めた。宇気比を考察した『神の伊吹』を「日本談義」に発表するとともに、昭和十七年には、『神風連のこころ』を国民評論社から上梓した。『神の伊吹』には、朝日新聞社の副主幹をしていた佐々弘雄が、特別な関心を寄せた(16)。

神風連は実際一つの極端であつた。その敬神に於いても、その攘夷に於いても。そしてその極端といふことは、又一党の精神の純粋度を示す目盛りともなる。彼等の精神は可とするも、その実践は非とするのが一通りの常識ではあるけれども、実はあの直接行動の実践あることによつてのみ、精神の表現は存在しうるのである。

召命あらざる限りたとひ個人として国家への憂情抑へ難き場合があつたとしても、これを個人の私意によつて断ぜず、神意によつて決裁せんとした事は、永遠に正しい。

（森本忠『神風連のこころ』[12]）

三島と森本は、「おく村」が初対面であった。森本は「林桜園は終生女色を近づけなかったけれど、若衆がいて、その若者も神風連で死んだ」とわざと指摘したという。話題は、神風連から多方面に飛び、その日がゲーテの誕生日であったことから、三島は『親和力』を愛好している」と語った。翌日、三島と森本は、藤崎宮で偶然に再会する。森本が「宇気比とは、行動そのことがそのまま一つの祈りである。つまり、祈りを籠めた試行錯誤である」と告げると、三島は即座に「あゝ、トライ・アンド・エラーですね」と深く肯いた[22]。

昭和四十一年十月、三島は、荒木精之から「日本談義」の神風連特集号を贈られた。特集号には、石原醜男の遺稿『先君行状』（一六〇枚）、荒木精之の『熊本新聞に見る神風連』（一一〇枚）、森本忠の『宇気比の戦の論理』など七編の論考が掲載されている[23]。三島は、荒木に宛てた礼状のなかで「森本氏の宇気比考も、お話を伺ったときより一そう鮮明に、御趣旨がよくわかりました」と書き記している。

三　河島又生・松山守善・緒方小太郎

福島次郎の『三島由紀夫　剣と寒紅』には、奇怪な夢の描写がある。

神風連の若い志士らしい死体がある。そこへかがみこんで、手をふれながら、子細に調べている男のうしろ姿が見える。ああ、この人が松山守善という人物かと思い、近づいてゆくと、ゆっくりふりかえってこちらを見たその顔は、三島さんその人で、唇から血を流しながら、うれしそうに笑っていて――

（福島次郎『三島由紀夫　剣と寒紅』）(24)

福島によると、舒文堂河島書店の主人が、三島に「神風連関係の本をお探しなら、面白いものがございますよ、滅多に手に入らぬもので……、それが松山守善という人の当時の日記です」と持ちかけると、その人物は初耳らしく、三島は「どういう人だ」と訊いた。「その頃の裁判官だったお方で、神風連の人たちの遺体の殆どを一人で検視された人でございます」と答えると、三島は「ともかく、それを是非、それを是非」と懇望したという。さらに福島は、三島の神風連傾倒の深層心理には、一種の加虐と被虐と流血の三位一体になるエロスへの関心が、地下水のように流れていたと憶測し、「夢の中では、ドラキュラ状態だった」と書き綴っている。

周知のとおり三島には、青島健吉中尉を検屍した川口良平（元陸軍軍医中尉）に宛てて「青島中尉が切腹後死亡するまでの詳細な臨床的経過及び苦痛の様相などを書いて知らせてくれ」と手紙で依頼した前歴がある。(25) そのため、神風連の遺体を検視した当時の日記を「ともかく、それを是非、それを是非」と所望した話は一見尤もらしく思える。しかし、これは事実ではない。そもそも松山守善の『日記』なるものは、出版されてない。

筆者は、来熊した三島がどのような書籍を買い求めて、どのような遣り取りがあったかを舒文堂河島書店に照会した。それに対して、四代目の主人・河島一夫氏から懇切な回答を頂いた。三島が入手したのは、松山守善の『自叙伝』であった。

舒文堂河島書店は、九州きっての郷土誌専門店である。

店の歴史は、明治十年、西南戦争で焼失した熊本市上通町に、河島又次郎が古物と古書を扱う「川口屋」を構えたことに始まり、創業百三十余年を誇る。驚いたことに初代の又次郎は、神風連と深い関わりを持つ人であった。又次郎は、若くして国学を学び、明治の後期に逝去するまで遂に丁髷を切らなかったという。神風連との交友は繁く、蹶起の前には、一党の刀の柄巻を行った。絹柄では、人を斬る際に滑りやすいので、又次郎がこれを木綿に巻き直したのである。事変後、神風連の一味という嫌疑で、官憲の取調べを受けた。(26)

明治三十六年に又次郎が死去して、二代目の豊太郎が店を継ぐ。大正七年、豊太郎は、桜山同志会が編纂した『殉難十六志士略伝』(9)の版元となる。(『定本三島由紀夫書誌』が同書の刊行年を「S7」としているのは、誤植である。)桜山同志会とは、林桜園の教えを奉じる人々が結成した団体で、石原醜男が中心となって桜山神社における祭祀や勤王党・神風連の志士の顕彰に努めた。

昭和八年に豊太郎が死去して、三代目の又生が店主となる。三島が会ったのは、この河島又生である。又生は、大正五年の生まれで、熊本中学在学中に父の豊太郎が亡くなり進学を断念して、十八歳で家業を継いだ。昭和十二年、店名を「舒文堂河島書店」と改める。これは、大正天皇の侍従を務めた落合東郭の揮毫「舒文重国華」(文を舒べて国華を重んず)に由来する。昭和十八年に児玉亀太郎が編纂した『櫻園先生遺稿 全』(10)の版元となる。埋もれつつあった思想家の遺稿集の刊行は、採算を度外視した英断であった。今日、我々が林桜園の『昇天秘説』や『宇気比考』に触れることができるのは、又生の功績と考えても差し支えない。又生は、自らも文章をよくし、昭和五十二年には、創業百年を記念して浩瀚な『書肆三代』を刊行する。

平成十九年に死去、享年九十歳であった。

又生が遺した記録によると、三島が購入した書籍は、『櫻園先生遺稿』『玉襷』『血史　前編』『殉難十六志士略伝』『郷土文化講演会講演集』『加屋霽堅翁奏議遺稿　完』『松山守善自叙伝』(『昭和四十年度版熊本年鑑』所収)である。(26)

三島由紀夫先生に小生が神風連の資料として裁判に関したことで『松山守善自叙伝』がありますよとお話ししたら「それが欲しい」と申された。店になかったので発行所の熊本年鑑社に電話してさし上げた。(河島昌扶『書肆三代』(26))

いくら『三島由紀夫　剣と寒紅』が小説とはいえ、松山―三島―ドラキュラと無理矢理繋げる福島の曲筆には呆れてしまう。又生によると、三島が「いいものが手に入った」と喜んだのは、『加屋霽堅翁奏議遺稿　完』の方である。

「神風連の遺体を検視した」松山守善とは、どのような人物であろうか。

松山守善は、嘉永二年(一八四九)に熊本城東厩橋の藩士・脇坂家に生まれた。文久三年(一八六三)、十五歳で松山家に入り、七石三人扶持を給される。明治二年、林桜園の高弟・斎藤求三郎の門下生となり、肥後勤王党の一員として河上彦斎の知遇を得る。四年の彦斎刑死を契機として神風連の在り方に疑問を抱き、六年に上京して民権主義者に転向する。七年に帰郷して、宮崎八郎たちが創設した植木学校の講師兼会計方になる。植木学校の閉鎖に伴って、九年に熊本県裁判所十五等出仕となり、民権党を離反する。

神風連の変鎮圧後、松山はかつての同志の検視を行う。十年に大分の日田裁判所に転勤。西南の役では、西郷軍に参加することを思い立つが、西郷の敗戦を知って、途中で引き返す。十一年、裁判所を辞任して代言人を開業。相愛社を興して副社長に就任し、自由民権派の「東肥新報」を創刊する。二十三年、第一回衆議院議員選挙に当選するが、選挙違反のため失格。四十一年にキリスト教の洗礼を受ける。大正六年に熊本市議会議員に当選し、地方政治家として活動する。昭和二十年に死去。九十七歳の長寿を全うした。(14)

松山の人生は、転向に次ぐ転向である。色川大吉は「彼は思想とはその人間の境遇や友人や年齢や読書などによって変わるものだと確信している。彼に杓子定規の《変節》《転向》という概念をあてはめることはできない」と評したが、(27)松山は、神風連におけるユダのような存在である。遠藤周作の『沈黙』で、ロドリゴを裏切って奉行所に密告しながら、執拗にその跡を追うキチジローの姿とも似ている。三島は、松山の変転極まりない軌跡に作家としての興味と関心を寄せた。

△脱退者の話　毎日信仰心がやりきれぬ　東京へ行きたい　太田黒先生に暇乞ひしようと二三人ゆく、「東京へゆくのか、御神慮うけてみよう」と神衣で神前へゆく、うけひでNOと出たら大へん故逃げ出す。　松山守善翁　（三島由紀夫『奔馬』創作ノート）

しかし三島は、松山の挿話がもたらす《変節》《転向》《背信》という主題を切り棄てて、「神風連史話」を一篇の壮麗な叙事詩として纏めた。そこに浮かび上がってくるのは、「何故神風が吹かず、何故宇気比が破れたか」という怖ろしい詩的絶望である。奇蹟の到来を信じながらそれが来なかったという不思議、いや、奇蹟自体よりもさらにふしぎな不思議という主題を凝縮して示した作品は、昭和三十年の短編小説『海と夕焼』であるが、三島は再びこの主題に挑んだ。

一たび我真心どもを果さしめ、遂に幽冥の神事につかへまつらしめたまはんの、くすしき妙なる大御はからひにこそと、かしこけれどひそかに思ひ奉るなり。

三島は、一挙敗北の後、神慮を仰いで、自首せよとのお示しに従って自首し、終身懲役の刑に処せられた参謀・緒方小太郎の『神焔稗史端書』を引用した。『神焔稗史端書』は、著書ではない。紙数にしてわずか三頁足らずの文章で、「神焔稗史」という書に端書したものである。この小文を、三島は、荒木精之が編纂した『神風連烈士遺文集』のなかから拾い上げている(6)。『奔馬』では、志士の断簡零墨に至るまで参照しており、三島が広範かつ綿密に神風連関連資料を渉猟したことが窺える。

緒方小太郎は、幼にして匡彦と称し、壮にして小太郎と改めた。父の天臣は古学を好んだ。林桜園の門に入り、惟神の道を聞き、深くこれを信じて、神祇を敬い皇室を尊んだ。蹶起に先立ち、緒方は一党の使命を帯びて、先ず久留米柳川の同盟を訪い、秋月に至って謀を宮崎党に通じ、それより長州で前原党と相約し、帰途香春の同志と語らい、福岡で筥崎八幡宮を拝した。受日の戦では、太田黒伴雄が直卒する本隊に属して、砲兵営を襲撃する(3)。

一挙が敗れ、緒方は熊本の獄に収監された。明治十年、西南の役が勃発し、西郷軍が攻め寄せて来たため、大分の監獄に移される。その地にも戦火が迫り、緒方は船で四国に移送された。

明治十四年に放免されるまで、緒方は四年余りを松山の監獄で過ごした。獄舎で緒方は、『獄の憂草』を書き綴る。同書は、神風連の数少ない生き残りによる貴重な一次史料となっている。出獄した緒方は、熊本に帰り、旧国老・松井氏に招聘されて、八代の松井神社社司に任ぜられた。石原醜男は、緒方のもとを頻繁に訪れて、林桜園の道を問うとともに、神風連一党の思想や行動について尋ねた。醜男の神風連研究は、これによって大体に通じ、真相を識るに至った。(6)

四　蓮田善明・石光真清・玄洋社

三島は、「文芸文化」昭和十七年十一月号に『みのもの月』と『伊勢物語のこと』を発表した。

同じ雑誌には、蓮田善明の『神風連のこころ』が掲載されている。『みのもの月』は王朝風の物語、『伊勢物語のこと』はエッセイで、蓮田作品は、森本忠の『神風連のこころ』の書評である。

熊本の士族でも、神風連の挙は無意味とし、翌十年の西郷南洲の軍に投じた者が多かった。簡単に言へば後者の方は政治的不平に出で、何らかの政治運動の一種であつた。神風連は惟だたましひの裏だけを純粋に、非常に熱心に思ひつゝけたのである。日本人が信じ、大事にし守り伝えなければならないものだけを、この上なく考へ詰めたのである。

（蓮田善明『神風連のこころ』[28]）

濟々黌で学んだ蓮田の脳裡には、石原醜男の記憶が深く刻まれていた。蓮田は学校行事として、神風連一党の墓地桜山に参拝したことがあった。醜男の何か異常な慷慨に引き摺られて、その地に行って拝ませられたという妙な印象が残っているという。興奮すると、少年のように頬を紅くして何か歯噛みするように急いで話す醜男の表情さえ浮かんでくるともいう。蓮田に導かれて、三島は神風連を意識するようになったと思われる。蓮田は、「三島由紀夫」という作家の誕生に係わっただけでなく、三島の生涯を通じて重い役割を果たした。

最も大きな最もたしかな事実たる「神ながら」、これが厳としてあらゆる「からごころ」に迷へる者の前に存する。

（蓮田善明『本居宣長』[28]）

三島は、石光真清の手記『城下の人』[5]にも眼を通している。

石光真清は、明治元年、熊本県飽託郡本山村（現熊本市本山町）に生を享けた。父・真民は熊本藩士で、産物方頭取を務めていた。少年期には稚児髷に朱鞘の刀を差して、神風連の変や西南の役など、動乱のなかを飛び廻った。陸軍幼年学校に進み、日清戦争では陸軍中尉として台湾に遠征した。ロシアの南下政策に脅かされる極東の島国の国民として、ロシア研究の必要性を痛感し、三十二年に特別任務を帯びて、シベリアに渡る。日露戦争後は、東京世田谷の三等郵便局長などを務めるが、大正六年、ロシア革命後のシベリアで再び諜報活動に従事した。八年に帰国するが、夫人の死や負債などで失意の日を送り、昭和十七年に七十六歳で没した。遺稿は、長子・真人によって『城下の人』『曠野の花』『望郷の歌』『誰のために』の手記四部作として刊行された。

吉武兄弟と祇園山の中腹の清水の湧いているところで、水いたずらをしていると、突然山の上から、紋付の羽織袴に大刀を差した、高髷の堂々たる武士が下りてきた。半次は「加藤社の加屋先生です。御挨拶をなさい」と言った。私たちは二、三歩前に進み出て丁寧に御辞儀をすると、「そうか。そうか。平川先生の塾生はみな元気者ばかりだ」と笑みを湛えながら、私たちの稚児髷と刀を差した昔に変らぬ姿を、満足そうに眺めて、「どら来てごらん」と三郎を抱き上げた。

（石光真清『城下の人』[5]）

少年の眼に映じた神風連副将・加屋霽堅の在りし日の姿である。このような記述を踏まえて、三島の神風連理解は、「神風連の志士たちは、いたずらに頑なな、情けを知らぬ人たちではなかつた」というものである。

真清の次女・菊枝は、奈良県十津川村出身の法学者・東季彦のもとに嫁ぐ。二人の間に生まれたのが、東健（文彦）である。つまり石光真清は、東文彦の祖父に当る[29]。東文彦―石光真清―神風連という意外な繋がりを知った時、三島は一驚したのではあるまいか。三島が、熊本との縁を強く実感したことは確かなように思われる。

蹶起に先立って、緒方小太郎が福岡の筥崎八幡宮に参拝したことは前述した。

同神社と神風連との縁は、決して浅くはない。筥崎八幡宮は、筑前国の一宮で、京都の石清水八幡宮、大分県の宇佐八幡宮とともに、日本三大八幡宮の一つである。応神天皇を主祭神とし、配祀は神功皇后と玉依姫命で、延喜二十一年（九二一）に醍醐天皇が「敵国降伏」の宸筆を下賜されて、この地に壮麗な社殿が建立された。元寇の折には、神風が吹き未曾有の国難に打勝ったことから厄除・勝運の神として名高い。「敵国降伏」の扁額は、裏門の鳥居にも掲げられているが、明治三十三年に鳥居を奉納したのは、安川敬一郎と平岡浩太郎である。平岡は、福岡藩士・平岡家に生まれ、戊辰戦争では奥羽に転戦して戦功を挙げた。西南の役では、西郷軍に呼応して立つが、敗戦により獄に繋がれた。出獄後は、自由民権運動に参加し、頭山満や箱田六輔とともに向陽社を組織する。明治十四年、向陽社を玄洋社と改名して初代社長に就任した。玄洋社は、「乙丑の獄」で大弾圧された筑前勤王党の流れを汲む。平岡は、赤池・豊国炭鉱等の経営に成功し、その豊富な資金で玄洋社の対外活動を支える。黒龍会の内田良平は甥に当たり、周辺には杉山茂丸がいた。[30]三島は、頭山たち玄洋社の活動にも関心を寄せて、『禁色』『訃音』『現代における右翼と左翼』で言及した。また筥崎八幡宮の社家からは、神道思想家の葦津珍彦が出ている。葦津は、頭山との交流が深く、『対話・日本人論』において林房雄は、三島の天皇論と葦津の天皇論とを比較した。

五　佐々友房・木村邦舟・濟々黌

幕末から維新にかけて、熊本では三党が鼎立した。池辺吉十郎たちの学校党、横井小楠たちの実学党、宮部鼎蔵・河上彦斎たちの勤王党である。学校党は、藩校・時習館の出身者が形成した熊本藩の主流派で、佐幕攘夷であった。実学党は、藩政改革を主張する開明派の藩士で構成され、尊皇開国であった。勤王党は、維新後さらに先鋭化して敬神・尊皇・攘夷の神風連となる。(31)

三党が鬩ぎ合う複雑な政治情勢のなかで、特異な行動をとるのが佐々友房である。

佐々友房は、嘉永七年(一八五四)に佐々成政の子孫である熊本藩士・佐々家に生まれた。幼少より時習館で文武を兼修し、後に林桜園の門で国典を修める。かつて宮部鼎蔵と行動をともにした叔父・淳次郎の訓育を受けて、尊攘の信念を固める。水戸の学説を慕い、藤田東湖や会沢正志斎の著書を会読する。神風連の小林恒太郎や古田十郎と交わるが、後に意見を異にして絶交する。明治七年、佐賀の乱では、同志と謀って策応しようとするが、先輩の説諭で思い止まる。九年の神風連の変では、あらかじめこれを聞知し、同志間を奔走して警戒を厳にして一党に与することを止めた。

> 折しも諸郷党に其の人ありと知られたる佐々友房を先頭に、十数人の一味おして来た。
>
> (石原醜男『神風連血涙史』(3))

十年には西郷軍に呼応して、池辺吉十郎たちと謀って熊本隊を編成し、自らは一番小隊長となって高瀬に進撃する。各地を転戦、佐土原の戦で銃傷を負って、延岡臨時病院に収容され、裁判の結果、懲役十年の刑に処せられ、宮崎監獄に入る。獄中において、青年子弟を教育し、一世の元気を振作して、国家将来の用に供することが今日の急務と深く心に決する。十二年に出獄した友房は、尊皇敬国を建学精神とする同心学舎を設立した。後に同心学校と改め、十五年に濟々黌と改称する。濟々黌は、歩兵操練を採用した全国嚆矢の学校で、乃木希典の副官を務めた沼田九郎を教官にするなど、文武両道を実践した。濟々黌教育は、三綱領精神「倫理を正し大義を明にす。廉恥を重じ元気を振ふ。知識を磨き文明を進む」に帰着する。友房は、二十年から二十二年まで濟々黌の学長を務めるが、紫溟会による政治活動が本格化し、衆議院議員に当選したことから、その職を木村弦雄に譲る。[32]

木村と神風連の間には、黙契があった。

木村弦雄は、邦舟と号した。熊本県玉名郡高瀬町（現玉名町）の郷士の家に生まれる。林桜園の門で皇学と兵学を修め、太田黒伴雄、加屋霽堅とは交わりが最も厚かった。藩命を帯びて長崎に遊学し、英学と英式操練を学んだ。明治元年、豊後鶴崎で河上彦斎と兵制改革を行うが、長州奇兵隊の大楽源太郎の脱退事件に連座する。国事犯をもって禁獄約八年、許されて熊本師範、熊本中学の校長を務め、宮内省御用掛より学習院幹事となり、晩年に濟々黌の学長となる。

神風連の変では、太田黒伴雄、加屋霽堅と深い黙契があったが、その手段において意見を異にし、敢えてこれに与しなかった。[33] 木村は、二十七年に他界するが、死後の二十九年に『血史　前編』が上梓された。これは「もっとも早い時期に公にされた神風連擁護、復権宣言の書」である。[34] 同書は、昭和五十一年に影山正治の監修で『神風連・血史』と題して復刻された。木村の死により、『血史　後編』は書かれていない。

皇室を扶翼し、人民を保護する武士なる者は、人々剣を佩び自ら護り、以て本邦の国体を表はす。

（木村邦舟『血史　前編』[7]）

濟々黌は、九州の名門校として広く各界に人材を輩出したが、戦前は軍人を志して、海軍兵学校・陸軍士官学校に進む者が数多くいた。参謀総長の梅津美治郎や第十四方面軍参謀長の武藤章が著名であるが、錦旗革命を夢見た青年将校も少なくない。

五・一五事件に連座した林正義海軍少尉は、失官後、厚木市に幽顕塾を設立して青年の指導に努めた。[35] 昭和四十四年に国会議事堂近くで焼身自殺をした江藤小三郎は、林の薫陶を受けた二十三歳の若者であった。江藤の自決は、三島に衝撃を与える。

二月十一日の建国記念日に、一人の青年がテレビの前でもなく、観客の前でもなく、暗い工事場の陰で焼身自殺をした。そこには、実に厳粛なファクトがあり、責任があつた。芸術がどうしても及ばないものは、この焼身自殺のやうな政治行為であつて、またここに至らない政治行為であるならば、芸術はどこまでも自分の自立性と権威を誇つてゐることができるのである。私は、この焼身自殺をした江藤小三郎青年の「本気」といふものに、夢あるひは芸術としての政治に対する最も強烈な批評を読んだ一人である。

（三島由紀夫『若きサムラヒのための精神講話』）

二・二六事件には、濟々黌の出身者三名が参加している。安田優少尉は、斎藤實内大臣と渡辺錠太郎教育総監を襲撃し、銃殺刑に処せられた。清原（改姓・湯川）康平少尉は、恩赦によって出獄後、実業家として成功し、日韓経済交流に功績があった。千里眼で『リング』のモデルの一人とされる御船千鶴子は、清原の叔母である。[36] 河野寿大尉は、牧野伸顕伯爵を襲撃した際に負傷し、後に自決する。兄の河野司は、濟々黌から東京商科大学に進んだ民間人であるが、二・二六事件後は、処刑者の遺族による「仏心会」を結成し、犠牲者の冥福を祈る慰霊像を建立する。さらに、『湯河原襲撃』『私の二・二六事件』『二・二六事件　獄中手記・遺書』『ある遺族の二・二六事件』『二・二六事件秘話』等を次々に上梓して、青年将校の名誉回復に尽力した。(37) 河野司と二・二六事件との関係は、石原醜男と神風連との関係に酷似している。

壮烈な自刃を遂げた河野寿大尉の令兄河野司氏の編纂にかかる「二・二六事件」と、末松太平氏の名著「私の昭和史」は、なかんづく私に深い感銘を与へた著書である。

（三島由紀夫「二・二六事件と私」）

周知のとおり司は、三島に寿の最期を語った。ナイフによる自刃の様子は、『奔馬』における飯沼勲の自決の描写に生かされているのではあるまいか。神風連の精神的支柱・林桜園の遠祖は、元寇の役で蒙古軍を散々に打ち破った伊予の勇将・河野通有である。驚いたことに、河野司・寿兄弟の祖先も河野通有だという。(38) 林桜園と河野兄弟は、淵源を一にしている。神風連と二・二六事件とは、しっかりと繋がっていた。

戦後の濟々黌からは、新左翼の活動家も出ている。赤軍派の田中義三。昭和四十五年三月の「よど号ハイジャック事件」で、実行犯の田中は、操縦席の機長に日本刀を突き付けて世間を驚愕させた。航空機の制圧に剣（実は模造刀）を使用したことは、神風連のパロディといえるかも知れない。密室で日本刀を用いた田中の戦術は、楯の会による「市ヶ谷事件」の計画に示唆を与えたようにも思われる。

濟々黌人脈と三島との繋がりは、これだけではない。

佐々友房の三男である佐々弘雄は、九大事件で大学を追われて、ジャーナリスト、政治家へと転身する。弘雄は、森本忠の宇気比論に特別な関心を寄せるとともに、皇道派の柳川平助中将や頭山満、中野正剛たちと親密な関係を持っていた。中野が割腹自決に追い込まれると、弘雄も「関の孫六」を腹に突き立てようとしたという(39)。

佐々弘雄の長女が、紀平（佐々）悌子である。悌子が「三島由紀夫の初恋の女性」であったというのは、週刊誌の出鱈目な惹句に過ぎないが、一時期、二人が交際していたことは事実である。聖心女子学院で平岡美津子と同級生であった悌子は、終戦後、美津子の死を知らずに松濤の平岡家を訪ねる。悌子が「週刊朝日」に連載した「三島由紀夫の手紙(40)」によれば、数日後に三島の方から誘いの電話をかけてきたという。二人は、ハチ公前で待ち合わせて、映画鑑賞や喫茶店での会話、ダンスホールの踊りなどに興じた。「丹花を口に銜くみて巷を行けば、畢竟、惧れはあらじ」三島が悌子に宛てた手紙には、岡本かの子の『花は勁し』の一節が引用されていた。

佐々弘雄の次男が、佐々淳行である。

佐々家と平岡家は、家族ぐるみの交際があった。佐々淳行と三島の弟・平岡千之は、東京大学の同期生で、淳行が警察官僚となり、千之が外務官僚となってからも付き合いは続いていた。昭和四十三年、三島は香港領事の淳行のもとを訪ねている。帰国して警視庁警備第一課長に就任した淳行は、デモのたびに三島から「楯の会をどこかに配置せよ」と電話で迫られた。四十五年十一月二十五日、土田国保警務部長から「君は三島由紀夫と親しいのだろ? すぐ行って説得してやめさせろ」との指示を受けて、淳行は自衛隊市ヶ谷駐屯地に急行する。

あの凄惨な現場となった市ヶ谷東部方面総監室に足をふみ入れ、三沢由之牛込警察署長の説明を受けながら、三島、森田両名の遺体に近づいたとき、足元の絨毯が、ジュクッと音を立てた。

(佐々淳行『連合赤軍あさま山荘事件』[41])

総監室に監禁されて、三島の最期を見届けたのは、益田兼利陸将である。益田は、大正二年に熊本県で生まれ、濟々黌から陸軍士官学校に進んだ。益田は、終戦直後に同期生・晴気誠少

佐の割腹自殺の介添えをしており、市ヶ谷の地で二度も切腹を目撃したことになる。(42)

介錯は二回か三回。一回ではなかった。一回目のとき、首が半分か、それ以上、大部分切れ、そのまま静かに前のほうに倒れた。

（益田証言／伊達宗克『裁判記録・三島由紀夫事件』(43)）

六　恐るべき熊本人脈

三島と神風連との繋がりを見るとき、清水文雄を外すことはできない。

三島君の晩年の思想と最後の行動との意味を考えるとき、神風連と蓮田善明の影響を見落すことができない。神風連も蓮田善明も、共に熊本の道統を身を以て鮮烈に生きた人たちである。

（清水文雄「百日忌を迎えて」(44)）

さらに園田直は、大正二年に熊本県で生まれ、陸軍を経て、政界に身を投じた。園田は、羽賀準一に師事し、剣道と居合の遣い手であった。昭和四十一年、参院議員会館の道場で、三島のグループと園田が率いる国会議員団による親善剣道大会が開催される。四十五年一月、園田後援会の機関誌『インテルサット』に掲載するため、赤坂の料亭「岡田」で三島と園田と新田敞による座談会が行われた。座談の後、三島から「切腹の作法を教えてください」と依頼されて、園田がこれを伝授したという。

三島を取り巻く熊本人脈を整理すると、次のような顔触れとなる。

東文彦、清水文雄、蓮田善明、紀平悌子、福島次郎、河野司、荒木精之、森本忠、江藤小三郎（ただし曽祖父は、佐賀の江藤新平）、田中義二、園田直、益田兼利、佐々淳行……。

　熊本を訪れ、神風連を調べる、といふこと以上に、小生にとつて予期せぬ効果は、日本人としての小生の故郷を発見したといふ思ひでした。一族に熊本出身の人間がゐないにも不拘、今度、ひたすら神風連の遺風を慕つて訪れた熊本の地は、小生の心の故郷になりました。

（三島由紀夫「荒木精之宛書簡」）

三島の前には、次々と神風連ゆかりの熊本人が立ち現れた。

少年期——東文彦、清水文雄、蓮田善明は、平岡公威を励まして「作家・三島由紀夫」を誕生させた。**青年期**――紀平悌子は三島と「オアシス・オブ・ギンザ」でダンスに興じ、福島次郎は三島と「ブランスウィック」で妖しい空気に浸った。**壮年期**――河野司は三島の二・二六事件に対する認識を深めさせ、荒木精之と森本忠は三島に神風連の精神を灌ぎ入れた。**決行の前**――江藤小三郎の自決は三島に決断を迫り、田中義三の行動は「楯の会」の蹶起計画に示唆を与え、園田直は三島に切腹の作法を伝授した。**自決の日**――益田兼利は「楯の会」に囚われて三島の自決の目撃者となり、佐々淳行は三島の遺体を現場で検証した。

「作家・三島由紀夫」を誕生させ、三島文学を称揚し、三島を蹶起に誘い、三島に決断を迫り、三島の最期を見届ける……。恐るべき熊本人脈である。こうして眺めると、三島の人生は、大いなる意志によって、あらかじめプログラミングされていたような感がする。

市ヶ谷事件の後、瑤子夫人は三島の死についてぽつりと述懐したという。

「九州がいけないのよ……」

【参考文献】

（1）『定本三島由紀夫書誌』島崎博・三島瑤子編　昭和四十七年　薔薇十字社
（2）『豊饒の海』創作ノート」（『決定版三島由紀夫全集　十四』平成十四年　新潮社）

（3）『神風連血涙史』石原醜男　昭和五十二年　大和学芸図書
（4）『郷土文化講演会講演集』石原醜男・徳富蘇峰・福田令寿　昭和十年　九州新聞社
（5）『城下の人』石光真清　昭和五十三年　中央公論社
（6）『神風連烈士遺文集』荒木精之編著　昭和十九年　第一出版協会
（7）『神風連・血史』木村邦舟　昭和五十一年　不二歌道会
（8）『血史　熊本敬神党』小早川秀雄　明治四十三年　隆文館
（9）『殉難十六志士略伝』櫻山同志會編輯　大正七年　河島書店
（10）『櫻園先生遺稿　全』児玉亀太郎編　昭和五十六年　青潮社
（11）『清教徒神風連』福本日南　大正五年　実業之日本社
（12）『神風連のこころ』森本忠　昭和十七年　国民評論社
（13）『誠忠神風連』荒木精之　昭和十八年　第一芸文社
（14）『松山守善自叙伝』松山守善（『日本人の自伝　一二』昭和五十七年　平凡社）
（15）『初霜の記　三島由紀夫と神風連』荒木精之　昭和四十六年　日本談義社
（16）『僕の詩と真実』森本忠　昭和四十三年　日本談義社
（17）『神風連』長田幹彦　昭和八年　春陽堂
（18）『神風連』十一谷義三郎　昭和九年　中央公論社
（19）『神風連とその時代』渡辺京二　平成十八年　洋泉社
（20）『神風連実記』荒木精之　昭和四十六年　新人物往来社

(21)『ジェーンズ熊本回想』ジェーンズ／田中啓介訳　昭和五十三年　熊本日日新聞社
(22)「三島由紀夫のロゴス」森本忠（「日本談義」昭和四十六年三月号）
(23)「日本談義」昭和四十一年十月号
(24)『三島由紀夫　剣と寒紅』福島次郎　平成十年　文藝春秋
(25)「私は三島さんに切腹の仕方を教えた」川口良平（「二十世紀」昭和四十六年二月号）
(26)『書肆三代』河島昌扶　昭和五十二年　舒文堂河島書店
(27)「解説」色川大吉（『日本人の自伝　二』昭和五十七年　平凡社）
(28)『蓮田善明全集』小高根二郎編　平成元年　島津書房
(29)『東文彦　祖父石光真清からの系譜』阿部誠　平成十七年　太陽書房
(30)『筑前玄洋社』頭山統一　昭和五十二年　葦書房
(31)『近世日本国民史』徳富蘇峰　昭和五十五年　講談社
(32)『克堂佐佐先生遺稿』佐々克堂先生遺稿刊行会編　昭和十一年　改造社
(33)『濟々黌百年史』昭和五十七年　濟々黌百周年事業会
(34)「跋にかへて」神谷俊司（『神風連・血史』木村邦舟　昭和五十一年　不二歌道会）
(35)『五・一五事件　一海軍士官の青春』林正義　昭和四十九年　新人物往来社
(36)『魂魄』湯川康平　昭和五十五年　講談社
(37)『私の二・二六事件』河野司　昭和五十一年　河出書房新社
(38)『湯河原襲撃』河野司　昭和四十年　日本週報社

（39）『父と娘の昭和悲史』紀平悌子　平成十六年　河出書房新社
（40）「三島由紀夫の手紙」紀平悌子（「週刊朝日」昭和四十九年十二月十三日～五十年四月十八日）
（41）『連合赤軍あさま山荘事件』佐々淳行　平成十一年　文藝春秋
（42）『世紀の自決』額田坦　昭和四十三年　芙蓉書房
（43）『裁判記録・三島由紀夫事件』伊達宗克　昭和四十七年　講談社
（44）「百日忌を迎えて」清水文雄（「バルカノン」昭和四十六年四月）

第四章　三島由紀夫の影の男

――伊藤佐喜雄の悲運

一　女優・伊沢蘭奢

かつて伊沢蘭奢という女優が存在した。

森鷗外の浩瀚な史伝『伊沢蘭軒』とよく似た名前ではあるが、蘭軒の子孫でもなければ縁戚でもない。ただし、鷗外との縁は深い。

伊沢蘭奢は、松井須磨子亡きあと新劇界の名華と称えられ、流星のように逝った伝説の女優である。新劇の凋落期といわれる時代――大正から昭和にかけての十年間、数多くの舞台でヒロインを演じて、三十八歳の若さで華やかに燃え尽きた大女優であった。(1)

伊沢蘭奢（本名　三浦シゲ）は、明治二十二年に島根県津和野で、三浦五郎兵衛の次女として生を享けた。三浦家は五代続いた紙問屋で、祖父の利兵衛は製紙業にも手を広げて石州黄半紙を製造した。明治十九年には、文部省から国定教科書の用紙を大量に受注するほど繁栄したという。

幼い頃のシゲは、近所の子供たちを集めて『先代萩』などの芝居ごっこに熱中した。しかし利兵衛が没すると、三浦家は衰運に向かう。明治三十三年に製紙業が行き詰まり、住居は売り立てられて、一家は離散する。父は九州に渡り、母は津和野に残り、シゲは兄を頼って広島に転居した。やがて兄が朝鮮に職を求めると、シゲは東京の伯母・キクのもとに身を寄せた。キクの夫は時事新報社の幹部で、姪を温かく迎えて日本女学校に通わせた。学校から帰るとシゲは、伯父の本棚の『金色夜叉』『不如帰』『噫無情』などを読みふけり、新派の舞台を観劇した。

女学校を卒業すると、シゲに縁談が持ちあがった。相手は、津和野の伊藤家六代目で、東京帝大薬学科を卒業した治輔である。シゲが「夢の世界にでも引き入れられるような気持」のまま縁談は進み、明治四十年、華燭の典を挙げる。治輔二十五歳、シゲ十八歳であった。[2]

伊藤家は、寛政十年（一七九八）創業という山陰屈指の薬種問屋で、屋号を「高津屋」といった。六百坪の敷地に六棟の土蔵を有し、家伝の胃腸薬・一等丸など二十数種類の漢方薬を手広く商っていた。薬屋の伊藤家と御典医の森家とは、古くから親交があった。

「一等丸の名は、鷗外さんが小（こま）い時に静雄先生といっしょに考えて命名してくれんさってのう、軍医部長として日露の戦に出征しなさった時も、わしが餞別に差しあげた」

舅の利兵衛は、折ふしシゲに語ったという。

利兵衛は、森家が上京する際に居宅を買い取って、町に寄贈していた。現在も鷗外の旧宅が保存されているのは、伊藤家の功績である。

新夫婦は、東京に居を構えて、治輔は新薬の研究開発に没頭した。明治四十二年、二人は連れ立って観劇する。劇場は有楽座で、演目はイプセン作／森鷗外訳『ジョン・ガブリエル・ボルクマン』であった。ロビーで鷗外と邂逅して挨拶を交わし、シゲは胸の高鳴りを覚えた。

明治四十三年、シゲは津和野で長男を出産し、佐喜雄と命名した。

姑の登美が初孫を手離さず、シゲは「深い寂寥感」を抱いて東京へ帰った。治輔は、新薬の製造に熱中していた。明治四十四年、シゲは一人で帝劇へ赴く。イプセン作／島村抱月訳・演出の『人形の家』を観劇し、須磨子の熱演に打たれるとともに、女性の自我の目覚めと家庭からの脱出という主題に感動した。

この頃から治輔の遠戚の青年が出入りするようになる。福原駿雄という一高入試に失敗した浪人で、シゲより五歳年下であった。駿雄は、彼女の第一印象を「なかなかいい女だ。笑う受け口が妖艶である。まるで捥ぎたての巴旦杏みたいだ」と記した。

やがて寂寥感を抱いた人妻と青年は惹かれ合い、夫の留守中に一線を越えてしまった。駿雄は姦通の大罪に慄いて、「自首するとして、警視庁のドコへ訴えて出ればよいのか？」とシゲに相談したという。二人は、別れを余儀なくされた。福原駿雄は、後にマルチタレント徳川夢声として大成する。(3)

シゲは、心の渇きを劇場で癒そうとした。逍遥訳『ヂュリヤス・シーザー』や鷗外訳『マクベス』の舞台に陶酔して、女優への憧れを強くした。

大正四年、治輔夫婦は東京での生活に見切りをつけて、津和野へ帰った。そこでシゲを待っていたのは、愛し子との生活ではなかった。六年の間、別れて暮らした佐喜雄は、容易に懐かなかった。伊藤家十七人の食事の世話と縫物と洗濯が、日課だった。夜になって灯の乏しい街並みを眺めていると、寂れてゆく城下町とともに、自分も老い朽ちてゆくような気がした。

翌五年、幼い佐喜雄を津和野に残して、シゲは出奔する。女優を目指した二十六歳の遅い旅立ちであった。

「おまえの家、おまえの夫、そしておまえの子供を棄ててゆく！　考えてもみなさい、世間の人がなんというか。……おまえはまず、妻であり、母であるのだぞ」

「わたしは何よりもまず人間です」

東京へ向かう列車のなかのシゲは、須磨子が演じた『人形の家』のノラの科白を思い返していたのかもしれない。

上京後、シゲは近代劇協会の研究生となる。

上山草人が主宰する近代劇協会は、逍遥と鷗外が顧問として名を連ね、稽古場には谷崎潤一郎や佐藤春夫が顔を覗かせた。草人の指導は厳しく、髪を逆立てて怒り、女優や研究生の尻を容赦なく鞭で叩いた。こうした荒稽古に耐えて、大正七年、シゲは『ヴェニスの商人』で初舞台を踏むことになった。芸名の伊沢蘭奢は、鷗外の『伊沢蘭軒』と正倉院御物の蘭奢待から名付けたという。蘭奢は、ネリッサを演じた。新聞の劇評では、声調、体格、容貌など、女優としての資質が高く評価された。

その後の蘭奢は、『ウヰンダミア夫人の扇』や『リヤ王』などで舞台経験を積むが、演劇界の状況が激変する。抱月がスペイン風邪で急逝し、後を追うように須磨子が縊死した。さらに草人の渡米によって、近代劇協会は解散することになった。

大正十一年、蘭奢は松竹蒲田に入社した。舞台からキネマへの転身である。川田芳子や五月信子、井上正夫らと『黄金』『狼の群』など十五本の作品に出演するが、銀幕での芸名は、旧姓にちなんで三浦しげ子とした。これは、津和野に残したわが子に送る母からのサインだったといわれている。

大正十三年、蘭奢は新劇協会の舞台に復帰する。『桜の園』では、ラネーフスカヤ夫人を余情豊かに演じて、芥川龍之介を感嘆させ、葦原英了から「こんな魅力に富んだ素晴らしい女優がいたのだ」と絶賛された。岸田國士作『チロルの秋』ではステラに扮して、「如何なる役に扮しても、決して破綻を来した事のない重宝な熟練した手腕を有つてゐる」と新聞評で称された。十四年には、横光利一の『食はされたもの』や正宗白鳥の『ある心の影』、十五年には、ストリンドベリイの『死の舞踏』、谷崎潤一郎の『本牧夜話』、チェーホフの『記念祭』などに出演して、観客を酔わせた。

昭和三年一月、蘭奢は帝国ホテル演芸場で『マダムX』に主演する。『マダムX』は、アレキサンドル・ビュイッソン原作で、サラ・ベルナールの当り役であった。わが国では、抱月が翻案して、須磨子が演じる予定であったが、二人の急逝によって幻に終わった作品である。これを新たに仲木貞一が翻案し、川口松太郎が演出した。

ヒロインの江藤蘭子は、上流家庭の妻で男の子を生んでいたが、彼女を顧みない夫に耐えかねて夫の友人と通じる。家を追われ、淪落の果てに殺人事件を犯した蘭子は、弁護士となった息子に抱かれながら息を引きとるという物語である。蘭奢は、この役にのめり込んだ。迫真の演技は観客の胸を打ち、絶賛を博した。須磨子が果たせなかった『マダムX』の舞台を成功させたことで、蘭奢は名実ともに新劇界の第一人者となった(4)。

伊沢蘭奢。

独特な美意識が感じられる名前である。事実、彼女はジャスミンの馨りを愛し、華やかな雰囲気を漂わせた女優であった。二重瞼と大きな瞳が印象的で、「捥ぎたての巴旦杏」のような美貌は、多くの作家を魅了した。谷崎潤一郎、佐藤春夫、正宗白鳥、芥川龍之介、横光利一、岸田國士、岩田豊雄、林房雄、川口松太郎。

「わたし女優になるわ。線の強い、艶のあるクレオパトラのやうな役をやるのよ。そしてほんとに毒を嚥んで舞臺で死ぬの。……わたし四十にならないうちに死ぬわ」

『マダムX』の大阪公演を控えた六月八日、蘭奢は脳出血で急逝する。享年三十八歳。「クレオパトラのように四十にならないうちに死ぬ」と揚言していたとおり、鮮烈で劇的な生涯であった。

二　作家・伊藤佐喜雄

伝説の女優・伊沢蘭奢の血をひくのが、伊藤佐喜雄である。

佐喜雄は、明治四十三年八月三日、津和野で呱々の声を上げた。父の治輔は東京で新薬の開発に忙しく、シゲは津和野の婚家に帰って佐喜雄を出産する。出産から三ヶ月後、シゲは治輔の急病で東京に呼び戻された。

この時、姑の登美が乳飲み児を離さず、東京に連れて行くことを許さなかった。以後、大正四年に治輔夫婦が津和野に帰るまで、佐喜雄は祖母・登美の手で育てられる。佐喜雄がむずかると、登美は萎びた乳房を口に含ませるほどの愛情を注いだ。母から離され、祖母のもとで溺愛されたという特異な幼児体験は、三島由紀夫の幼少期と似ている。ただし治輔は、登美の実弟で、伊藤家の入婿である。このため登美と佐喜雄の関係は、戸籍上は祖母と孫、血の繋がりの上では伯母と甥に当たり、三島の生家（平岡家）より複雑である。シゲの出奔後、佐喜雄は素封家の跡取りとして大切に育てられた。

佐喜雄は、秀才の誉れが高かった。大正十二年、山口中学校に入学し、この頃から文学を志した。昭和二年、偶然に映画館で見た女優を、面差しと芸名から母ではないかと直感して、旅公演の五月信子一座に手紙を託けた。手紙は無事蘭del奢の手に渡り、母子は十三年ぶりに再会する。

昭和三年、佐喜雄は大阪高等学校に入学した。同級生の保田與重郎の影響もあって、校友会雑誌等に作品を発表する。

　彼はその頃から厚っぽい特徴のある容貌で、上方のことばでいう、かさ高い風采だった。私はそれまで彼の書いた文章を見たことがなかった。とりわけて文芸のことを語ったこともなかった。しかし高等学校の寄宿舎で初めて彼と出会った時から、私は彼に一かどならぬ文学的雰囲気を感じていた。　　　　（保田與重郎「『面影』序文」）[5]

昭和五年、佐喜雄を病が襲った。

肺結核で休学。翌六年四月に復学するが、六月に結核性膝関節炎のため歩行困難となって、再び休学する。津和野に帰郷後、九大病院整形外科に入院した。膝関節の切除手術と骨移植術を施されて、下半身をギプス包帯で固定されたまま数ヶ月間ベッドで過ごした。佐喜雄は学業を断念した。

入院中の昭和七年に保田に誘われて「コギト」同人となり、十年には「日本浪曼派」同人となる。この年の十月にようやく退院して、津和野に帰った。時を同じくして、短編小説『面影』が「コギト」に掲載される。

『面影』は、九大病院に入院していた津田英学塾の女学生の話をもとにしたもので、ジッドの『狭き門』やヘルダーリンの『ヒュペーリオン』の影響が認められる。左翼運動への関与に懊悩し、電車との接触事故で骨折した女学生と、カリエスで石膏の褥に横たわったままの僕との間でとり交わされる書簡体の告白小説である。そこには、長い闘病生活による焦燥感や美しい女性に寄せる思慕、陽光の煌めく南の島への憧憬など、佐喜雄の思いが繊細な筆致で綴られている。

彼をひきつけたのは主として南方の風物でありました。強烈な太陽だとか、さまざまな香料だとか、それからあの神秘な原始の信仰だとか――しかし単なる異国へのあこがれではなく、彼の魂をだんだん強く噛んでくるあの得体の知れない憂愁にかりたてられていたからです。

（伊藤佐喜雄『面影』(6)）

三好達治から「『面影』はたいへん面白く読みました。若さの欠点もあるようですが、珍しく才分のある人です。この人はきっと立派な作品が書けるようになる人です」と称賛されるとともに、小島政二郎から「形式と云い、心理のニュアンスを縫って行く筆致と云い、品の佳さと云い、なかなか心にくい作品である」と評された。

『花の宴』は、佐喜雄の野心作である。

昭和十年十二月、体力を回復した佐喜雄は、「日本浪曼派」に長編小説『花の宴』の連載を始めた。昭和初期の経済不況と農村の疲弊を背景にして、左右からの国家改造の動きや満州の阿片事情を絡めながら、人生を模索する青春群像を描いている。

精神科医学士でキリスト教徒の高原、屋代伯爵家の家庭教師・酒井、ブルジョア青年の瀧、中学教師の松尾、モルヒネ中毒の加島、屋代伯爵家の令嬢・悠紀子、酒井の妹でタイピストの静江、破鏡の境遇にある房代など、多彩な人物が織り成す一大絵巻である。

横光利一の『上海』や『寝園』の影響と思われる生硬な文体で、登場人物はぎこちない動きを見せるが、佐喜雄の筆は、作品の半ばから俄かに精彩を帯びてくる。奔放な令嬢・悠紀子や道化役・松尾の人物造形、医学部の人事を巡る暗闘の描写などは、不思議な魅力を湛えている。

「素敵！　妾、奈良は大好きなんですもの、修学旅行で一度行つたきりだけど。静かで、うつくしくつて、古典的で――」

唇に指をあて、夢みるやうにうつとりと彼女は呟いた。

「ねえ、私たちのなつかしい想い出をつくるにはいちばんふさはしい土地だと思はない！」

さう言つたとたんに悠紀子はおそろしくどぎまぎしてぱつと両手で面を蔽つた。続いてくつくつと甘えるやうな含み笑ひが指のあひだから洩れたのである。

（伊藤佐喜雄『花の宴』(7)）

『花の宴』は、文壇で高く評価された。とりわけ保田は、「『花の宴』は日本で初めてかゝれた市民社会特産と称しうる『小説』なのだ」「近代の日本文学の史上で、かつてなかつたやうな、小説の面白さや花やかさを描いた異色の斬新な作品」と最大級の賛辞を呈した(5)。

昭和十一年、佐喜雄は『花の宴』『面影』によって、第二回芥川賞の候補となった。候補作は、ほかに檀一雄『夕張胡亭塾景観』、川崎長太郎『余熱』、丸岡明『生きものの記録』、小山祐士『瀬戸内海の子供ら』、宮内寒彌『中央高地』であった。佐藤春夫と小島政二郎が、佐喜雄を推すものの該当者なしと決定される。二・二六事件が起り、審査会場であった赤坂の割烹「幸楽」が蹶起部隊に占拠されて集会不能となったことから、受賞者が出なかったともいわれている。

芥川賞こそ逸したものの、新進作家の佐喜雄の周囲は、華やかであった。保田との繋がりから日本浪曼派周辺の文学者に親炙した。太宰治、檀一雄、坂口安吾、亀井勝一郎、山岸外史、芳賀檀、木山捷平、中谷孝雄、外村繁、中河與一、萩原朔太郎、三好達治、伊東静雄、浅野晃、蓮田善明、林富士馬、小高根二郎。これに加えて、「伊藤君とは、母子二代のつき合い」と佐藤春夫が語ったように、佐喜雄には〝蘭奢ファン〟の大家との親交があった。佐喜雄は、春夫と川端康成の二人を師と仰いだ。こうした文学者たちとの繋がりは、後年の三島の交友関係と重なる部分が多い。

昭和十四年、佐喜雄は長編小説『花の宴』をぐろりあ・そさえてから上梓した。装丁は、棟方志功である。昭和十六年、和田百合子と結婚する。夫人は粋筋の出で、この縁組に伊藤家は反対したが、春夫が父の治輔を説得した。

昭和十七年には、「コギト」一月号から『春の鼓笛』の連載を始めた。さらに、短編小説集『美しき名を呼ぶ』を天理時報社から、(8)短編小説集『不知火日記』を富士書店から、長編小説『春の鼓笛』を鬼沢書店からそれぞれ刊行した。(9)

昭和十八年、川端と林房雄の強い推輓によって、『春の鼓笛』が池谷信三郎賞を受賞した。授賞式では、菊池寛の手から賞金二百円を受けとった。横光利一からは「これで、死んだお母さんも少し安心しただろうね」と優渥な言葉をかけられた。昭和十年のデビューから八年間、佐喜雄の文学生活は順風満帆であった。

昭和十九年、佐喜雄は評伝『森鷗外』を上梓した。同書は、講談社が初めて試みた純文学の出版物で、意気に感じた佐喜雄は執筆に力を注いだ。鷗外の生涯と文学を、血と土との生い立ちから探るもので、津和野の歴史や風土より説き起こしている。(10)しかし『森鷗外』は、これまでの文業の余光ともいうべき一書となった。

佐喜雄は、終戦を境にして失速する。

酩酊した太宰に「僕のあとは、伊藤君だよな」といわしめたほど将来を嘱望されながら、佐喜雄は時代の荒波を乗り切ることができなかった。終戦から戦後にかけて、和歌山、津和野、山口、東京と転居を重ね、同人誌の発行や日本浪曼派の再結集など機を窺うが、志を遂げることはなかった。

国立国会図書館には、佐喜雄が著した八十八冊の著書が収蔵されている。その多くは、昭和二十四年以降に偕成社から出版した児童書である。『アルプスの少女』『若草物語』『にんじん』などの世界名作全集。『ものがたり宮沢賢治』『ものがたりベートーベン』などの伝記全集。失速した作家が辿る道は、児童文学のほかにはなかったのであろうか。

二・二六事件によって芥川賞の審査会が流れたことは、暗示的ではある。しかし、佐喜雄と同時期に候補となった檀、川崎、丸岡の三人は、その後も実績を重ねて小説家として大成し、小山は劇作家として一家をなした。

佐喜雄の文学について、津和野出身の画家・中尾彰は「津和野という城下町の荒廃がその作品に照射して、くず折れるような美しさを示すのではないか」と評した。「くず折れるような美しさ」とは、佐喜雄の本質をいみじくも道破した言葉である。(11)

畢竟、脆く儚い佐喜雄の文学は、戦争という極限状態を乗り越えて、その後の急転する社会情勢の激浪に耐えられるものではなかったのであろう。

三　天女降臨

『春の鼓笛』は、佐喜雄の自伝的小説である。

旧家の跡取りとして生まれ、山口の県立一中に通う龍夫は、芸術家を夢見る少年である。春の日の午後、龍夫は山上の公園の芝生に寝そべって読書に時が経つのも忘れていた。

ふと五月の青空が顔の上にあつた。それは何か若いこころを誘ふやうに果てしもなく拡がつてゐて、じつさいいま小説の中にあらはれてきてゐる人物の誰彼のすがたが、美しい瑠璃色の彼方へ浮かびあがつて見えるやうな錯覚さへ彼に起させた。「アグラーヤ！」と龍夫が呼んだ時、これまでに見たことがあるやうなないやうな少女たちの面影が、いちどに重なり合つて大空に描き出され、ひどく彼を混乱させた。彼は眩しさうに何度も瞬きした。それから今度は、あの不思議ななつかしさを感じさせる女性の、憂愁と狂熱とをふくんだまなざしが、遠くからじつと彼を見つめてゐるやうに思はれる。

（伊藤佐喜雄『春の鼓笛』(12)）

龍夫の心には、一つの空虚があった。彼は母を知らなかった。母は何を考え、何を為してきたのか？　いったい母は何者なのであろう？　母を知ることは、龍夫にとって全てを知ることであった。青春の懐疑も憧憬も、蒼穹の女人が神秘的な微笑を浮かべてさし招く誘いのように思われた。

女性の面影を追って、龍夫の小さな遍歴が始まる。下宿先の娘・ヨシ子、ピアニストの潮邦江、女学生の絲原環、女優の卵・ますみと小夜子……。そして、瑠璃色の空に浮かんだ天女は、生身（しょうしん）の母の姿となって地上に舞い降りてくる。

龍夫は目をあげて母をみた。断髪の衿をすこし抜いて、派手な柄の宿浴衣をゆるく着こなして、母はじつと彼の顔に微笑をそそいでゐた。龍夫も思はずほほゑみかへしながら、一点のほのかな遠いなつかしみが胸につたはるやうであった。

水色の裾濃の蚊帳をふく風はすずしく、物ごころついてはじめて母と寝ることに、甘やかな感情がわいてきた。しかもその母は、彼の想像よりもはるかに近代風で、ゆたかな感受性と機智にあふれた女性だった。

（伊藤佐喜雄『春の鼓笛』[12]）

『春の鼓笛』は、夢と幻想に彩られた物語である。

佐喜雄は、憧憬、不安、動揺などの少年の感情を扱い、無限なるものを志向した。日本浪曼派は、「ドイツ・ロマン派を規範にし、そこからイロニーの観照を汲み上げ」（松本鶴雄）反近代的なパトスを母胎にしたとされる。[13] とりわけ『春の鼓笛』には、ノヴァーリスの『青い花』の影響が色濃く感じられる。青年ハインリヒ・フォン・オフターディンゲンの夢に現れた「青い花」。その花弁のなかに愛らしい少女の俤を見た時から、やみ難い憧れに捉えられて青年は遍歴の旅に出る。[14]

龍夫少年は、「青い空」のなかに美しい女人の面影を見て、憧憬に捉えられる。『春の鼓笛』は、母を恋うる佐喜雄が、作家としての自己に目覚めてゆく内面の旅の記録でもあった。ドイツ・ロマン派の夭折した天才詩人が「青い花」に託した無限なるものへの憧憬を、日本浪曼派の旗手・佐喜雄は「青い空」に託したといえよう。

昭和四十五年、三島由紀夫の自裁によって、再び日本浪曼派に注目が集まる。

保田が文芸誌に復帰し、雑誌「浪曼」が創刊される。そうした流れのなかで、翌年四月、潮出版から一冊の新書が出版された。伊藤佐喜雄著『日本浪曼派』。同書は、日本浪曼派の盛衰を恬淡とした筆致で綴った回想録である。

あるとき、講義が終って、蓮田さんとふたりで御茶ノ水駅へ歩いて行く途中、

「学習院に、平岡といって、非常に小説のうまい生徒がいるんですがね、いちど原稿を見てやってくれませんか」

と、とつぜん蓮田さんが言った。ふだん寡黙の人である蓮田さんは、何かに心昂ったりすると、あまり大きくはない眼が三角形に見ひらかれ、炯々とした光を発することがある。そのときもちょうどそんな表情だったような気がするし、話の平岡という少年の名も、不思議に私の記憶に残った。

（伊藤佐喜雄『日本浪曼派』[15]）

文中の「平岡という少年」は無論三島のことで、彼のことを語ると、佐喜雄の筆は俄然、熱を帯びてくる。佐喜雄が三島の存在を強く意識していたことは、同書を一読すれば明らかである。

浪曼派の伊藤佐喜雄といふ人に「花の宴」といふ長編がありますが、「花の宴」といふ王朝詩情の極致を示すやうな象徴的なことばを、あれだけの厖大な紙数でも表現し得ず、近世の濁世にうまれた琴歌のほんの十行ほどにもかなはないといふのはおそろしいやうな気がします。

（三島由紀夫『三島由紀夫十代書簡集』）

片や三島の方でも、佐喜雄の人と文学に注目していた。

三島が〝一介の文学少年〟にすぎなかった頃、なにしろ相手は、佐藤春夫、川端康成、横光利一、保田與重郎らから才能を評価された〝輝かしい新進作家〟であった。

佐喜雄の長編小説『花の宴』のヒロイン・悠紀子は、意に添わぬ縁談や恋人との関係に懊悩して、屋代伯爵家を出奔し奈良に身を潜めた。その後は、彼女の函館の修道院入りが暗示される。

この『花の宴』のプロットは、後年の三島作品と照応する。『春の雪』のヒロインである綾倉伯爵家の聡子は、意に添わぬ縁談や禁忌の恋に懊悩して、奈良の月修寺に身を潜め、やがて剃髪する。『夏子の冒険』のヒロイン・夏子は、函館の修道院入りを宣言する。どうやら三島は、佐喜雄の作品を批判的に受容したように思われる。

目白の教員官舎の氏の書斎で、一日、中学生の私は自分の筆名を練った。伊藤左千夫というふ歌人の万葉風の名が、どういふわけか、私を魅してゐた。

（三島由紀夫「三島由紀夫作品集あとがき」）

伊藤左千夫は、丸顔で眼鏡に口髭の村夫子然とした風貌である。子規門下の垢抜けない歌人が、中学生の三島（正しくは平岡公威少年）を魅したとは思えない。「伊藤左千夫」は〝ダミー〟で、真に三島を魅した万葉風の名とは、蘭奢そっくりな白皙明眸の青年作家「伊藤佐喜雄」ではなかったか。

伊藤佐喜雄と三島由紀夫。

佐喜雄は、昭和十年「コギト」に華々しく登場して、八年後の昭和十八年に文学的ピークを迎え、やがて文壇から消えていった。

一方の三島は、昭和十六年「文芸文化」に華々しく登場して、八年後の昭和二十四年に『仮面の告白』を発表して、作家としての地歩を固めた。

奇しくもこの年は、佐喜雄が児童文学者として再出発した時期に当たる。

三島の上昇線と佐喜雄の下降線は、昭和二十四年に交差する。

佐喜雄の才能は、きらきらしい絢爛たるものだった。川端から「伊藤君の多彩で豊潤な才華」とまで評された。しかし、激動する時代の荒波を乗り越えて、作家としてしたたかに生き抜くためには、「ぎらぎらと凄まじい反射をあげた」（『仮面の告白』）ような圧倒的な力量を必要としたのであろう。三島文学について、遠藤浩一は「咀嚼する以前に酔はせてしまう言葉の強さ」と評した。[16] 至言である。佐喜雄の文学は美しくはあっても、三島文学がもつ「言葉の強さ」に欠けていた。

回想録『日本浪曼派』の上梓によって、その生が燃え尽きたのであろうか。半年後の昭和四十六年十月十七日、佐喜雄は心臓衰弱で逝去する。享年六十一歳であった。

日本浪曼派の総帥・保田與重郎が〝北極星〟の位置にあったとするならば、昭和の文学界で一瞬の耀きを放った伊藤佐喜雄は、夜空に青白い光芒を曳いた〝彗星〟のような存在であったのかもしれない。思えば、母の伊沢蘭奢も〝流星〟のごとく逝った女優であった。

昭和三十一年の秋、佐喜雄は一時津和野に帰郷する。

伊藤家に文学青年が集まって、賑やかな酒宴になった。輿に乗った佐喜雄は、竹の物差しを腰に差して、「槍錆び」を唄い舞ったという。周知のとおり「槍錆び」は、主家を去り、禄を失った侍の意気地を端唄にしたものである。

槍は錆びても　名は錆びぬ　昔忘れぬ　落し差し

寛政年間から続く薬種問屋「高津屋」の広い座敷に、佐喜雄の唄声がひびいた。

「笛は冴えても　心は冴えぬ　秋の嵯峨野に　露分けて　峰の嵐か　松風か　尋ぬる人の琴の音か……」

竹光ならぬ竹尺を落し差しにして「槍錆び」を舞う佐喜雄の酔眼は、何を見据えていたのであろうか。

【参考文献】

（1）『物語近代日本女優史』戸板康二　昭和五十八年　中央公論社

（2）『素裸な自画像』伊沢蘭奢著／鷹羽司編　平成十一年　大空社

（3）『夢声自伝』徳川夢声　昭和五十三年　講談社

（4）『女優X　伊沢蘭奢の生涯』夏樹静子　平成八年　文藝春秋

（5）『保田與重郎全集』第一巻～四十巻　講談社
（6）『面影』伊藤佐喜雄　昭和四十七年　潮出版社
（7）『花の宴』伊藤佐喜雄　昭和三十年　角川書店
（8）『美しき名を呼ぶ』伊藤佐喜雄　昭和十七年　天理時報社
（9）『日本浪曼派集』平成十九年　新学社
（10）『森鷗外』伊藤佐喜雄　昭和十九年　大日本雄弁会講談社
（11）『甦る郷土の作家たち』山口郷土作家研究会編　昭和六十三年　四季出版
（12）『春の鼓笛』伊藤佐喜雄　昭和二十二年　大日本雄弁会講談社
（13）「日本浪曼派とドイツ・ロマン主義」松本鶴雄（「解釈と鑑賞」昭和五十四年一月）
（14）『青い花』ノヴァーリス／青山隆夫訳　平成元年　岩波書店
（15）『日本浪曼派』伊藤佐喜雄　昭和四十六年　潮出版社
（16）『福田恆存と三島由紀夫』遠藤浩一　平成二十二年　麗澤大学出版会

第五章　三島由紀夫のトポフィリア

――神島から琉球へ

一　南の島憧憬

三島由紀夫は、生涯にわたって南の島を憧憬した。

常夏。!!!
お陽さまは只かん〳〵と照る。
でも此の常夏の、波は、風は、？
皆清い!!
なんとなくきよらかなのであります。
遠い彼なたにかすんでみえるしまは。
只ひとつのしまは。
人げんの「きぼう」であります。

（平岡公威『夏の文げい』）

八歳の公威少年は、常夏の島を「人げんの『きぼう』」と表現した。
後年、三島は、遠い彼方に霞んで見える島を『潮騒』の神島、『椿説弓張月』の琉球として描いた。神島と琉球。三島の描いたこの土地が意味するものは何であろうか。そして、この土地に何らかの繋がりがあるのだろうか。

地理学者のイーフー・トゥアンは、「トポフィリアとは、人々と、場所あるいは環境との間の、情緒的な結びつきのこと」で「人間の場所に対する愛」と定義している[1]。

ここでは、三島と神島・琉球との結びつきや、三島文学に描かれた場所の意味を探ってみたい。

二　神島の日輪

『潮騒』は、貴種流離譚と捉えることができる。

新制中学の落第生でありながら、背丈は高く、澄んだ目を持つ漁師の新治は、王子である。目もとが涼しく、眉は静かな海女の初江は、姫に当る。

デキ王子の伝説は模糊としてゐた。デキといふその奇妙な御名さへ何語とも知れなかつた。六十歳以上の老人夫婦によつて旧正月に行はれる古式の祭事には、ふしぎな箱をちらとあけて、中なる笏のやうなものを窺はせたが、その秘密の宝が王子とどういふ関はりがあるのかわからなかつた。とまれ古い昔にどこかの遥かな国の王子が、黄金の船に乗つてこの島に流れついた。王子は島の娘を娶り、死んだのちは陵に埋められたのである。初江は吉夢を見たのであつた。神のお告げで、新治はデキ王子の身代りであることがわかり、めでたく初江と結婚して、珠のやうな子供が生まれるといふ夢を見たのである。

（三島由紀夫『潮騒』）

三島は、昭和二十八年三月に初めて神島を訪れた。

寺田宗一漁業組合長宅に寝起きして、朝は蛸漁に出かけ、夜は青年会の例会に出席するなど、島の生活を体験するとともに、島の民俗や伝承を綿密に取材して、物語に織り込んだ。しかしデキ王子の記述には、作家としての作り変えが認められる。「黄金の船」に乗って神島に流れついたのは、デキ王子ではなく、「おたつ上臈」である。

遠い昔、「おたつ上臈」と呼ばれた美女が、黄金づくりのうつぼ舟に乗って流されてきた。漂着した「おたつ上臈」は、うつぼ舟を島の南西の浜辺に埋め、岩屋に身を隠した。やがて島民に見つけられた「おたつ上臈」は、庄屋の家に匿われたが、追っ手が来た際に手鏡を井戸に投げ入れて難を逃れたという。(2)

三島は、デキ王子を異国の王子であるかのように描いているが、わが国の流竄の王子については、幾つかの傍証がある。

柳田國男の「遊海島記」には、「延元三年の八月に、南朝の将軍若き皇子を奉じて、伊勢の大湊より船に乗り、奥州に下らんとせしが、伊豆の崎にて颶風に遭い、宮の舟はこの島に漂着す」という記述がある。(3)

麻績王が、伊勢国の伊良虞の島に流された。伊良虞の島では外から見た地形に、はつきり別々の区画が見えるから、伊良虞崎のことだろうと言ふ人も多いが、いや伊良虞崎に向かつて行く途中にある神島といふ島だろうといふ説があります――私も実は其説です。

(折口信夫「真間・蘆屋の昔がたり」)(4)

折口信夫は、天武期の麻績王を貴種流離譚の例に挙げている。

八代神社の社掌で郷土史家の小久保保彦は、後醍醐天皇の八人の皇子が上陸して、その八人の塚があったという口碑を記録している。島には、デキ王子の塚のほか、カツ王子、セト王子、カツメ王子の塚が痕跡を留めている。(5)

北畠親房の『神皇正統記』には、延元三年（一三三八）陸奥から神宮に向う皇子一行の航海を「波風をびたゝしくなりて、あまたの船ゆきがたしらずはべりけるに、御子の御船はさはりなく伊勢の海につかせ給」と記されている。[6]

神島に漂着したのは、皇子はともかくとして、「あまたの船ゆきがたしらず」のうちの一隻であろうか。

神島に伝わるゲーター祭は、天下の奇祭である。

『三島由紀夫選集』で「歌島の人と言葉」を解説した矢野文博は、「旧正月に行はれる古式の祭事」に触れて、「ゲーター祭であろうが、デキ王子の古墳とは関係はなさそうで、『ふしぎな箱』をあけるようなこともない」と断言している。[7]

神島では、元旦の夜明け前、グミの枝を束ねて作った「アワ」と称する直径二mの輪を、若者が浜に担ぎ出す。「アワ」は、大勢の男衆が持った竹で激しく打たれる。数十本の竹に突き刺されて中空高く差し上げられた「アワ」は、叩き落され、八代神社に奉納される。「アワ」とは、日輪の象徴で、「天に二日なく地に二王なし」ということから、叩き落されるのだという。

筑紫申真は『アマテラスの誕生』で、これを天の岩戸に隠れた天照大神を甦らせる神話と同じで、太陽霊の復活を祈る祭りだと論じた[8]。

また矢野は、「おたつ上臈」の乗った「金の船」は太陽と関係があり、ゲーター祭をもたらした者こそ「おたつ上臈」ではないか、と推論している[7]。

周知のとおり神島は、「太陽の道」の東端である。

神島——斎宮跡——三輪山——大鳥神社は、北緯三十四度三十二分に位置して、東西を貫く一本の直線で結ばれる。春分と秋分の日、太陽はこの四つの土地の上を通過する。「太陽の道」（レイライン）は、三島の死後、昭和四十八年の写真家・小川光三の『大和の原像——知られざる古代太陽の道』[9]や、昭和五十年のＮＨＫのディレクター・水谷慶一による『謎の北緯三十四度三十二分をゆく——知られざる古代』の放映によって世に知られるようになった[10]。

三島は、『潮騒』の舞台を神島に設定し、『奔馬』で三輪山を描いたばかりでなく、伊勢の斎宮や和泉の大鳥神社の場所までも作品に登場させていた。その作品とは、昭和十七年に執筆された日本武尊の物語で、『決定版　三島由紀夫全集』に初めて収録された『青垣山の物語』である。この作品には、倭比売命の前で「すめらみこと既く吾を死ねとやおもほすらむ」と日本武尊が慟哭する場所として、伊勢の斎宮が登場する。物語の大尾で、大和を目睫に能褒野で薨去した日本武尊が御陵に葬られる。御陵からは、白鳥が日に照り映えながら翔ってゆく。天翔ける白鳥は、日本武尊の魂であり、日輪の象徴でもある。八尋白智鳥が最後に留まった地点が、和泉国一宮の大鳥神社が建つ場所に相当する。

アマチュアが発見した「太陽の道」に対して、学会の反応は冷ややかである。しかし事実、古代遺跡は「太陽の道」に連なっており、三島は、そこに「日輪」や日輪の象徴である「黄金の船」「白鳥」を登場させた。「太陽の道」に当るものを踏まえて、三島が作品を構想したことは確かなように思われる。「神仏の聖性に敏感な感受性によって、かすかに訴えかけてくる土地の意味や分節までもが読み取られ」(佐藤秀明)たのであろうか。(11)

三　神島の観的哨

嵐のほしいままな跳梁のなか、若者の瞳は耀き、頰は燃えている。

「初江！」

と若者が叫んだ。

「その火を飛び越して来い。その火を飛び越してきたら」

少女は息せいてはゐるが、清らかな弾んだ声で言つた。

(三島由紀夫『潮騒』)

この場所が、およそ逢瀬にはふさわしくない観的哨であることに留意したい。島民の眼を逃れる場所なら、「おたつ上﨟」が隠れ住んだ岩屋がある。なぜ廃墟と化した色気のない観的哨なのだろうか。

周知のとおり昭和三十六年に『憂国』を発表して以降、三島は軍事に対する関心を急速に深めてゆく。しかし昭和二十年代の作品では、軍事施設が描かれることは少ない。自伝的色彩の濃い『仮面の告白』には、「本籍地の田舎の隊……営門」「M市近傍の草野の隊……営庭」「S湾から数里の海軍工廠」が登場するが、ほかには、『青の時代』の「富士の広大な裾野の一角に誠たちの泊る廠舎」や『禁色』の「H公園は大正期その一劃に練兵場があった」が目に留まる程度である。敢えて陸軍の観的哨を『潮騒』の佳局に持ってきたところに、隠された三島の意図が感じられる。

観的哨は、「試射場から、射ち出される試射砲の着弾点を、兵が確認」するために設けられた。試射場とは、伊良湖崎の陸軍技術本部伊良湖試験場のことである。試射場が整備される以前の土地の情景は、次のようなものであった。

私は明治三十年の夏、まだ大学二年生の休みに、三河の伊良湖崎の突端に一月あまり遊んでいて、このいわゆるあゆの風を経験したことがある。この村は、その後ほどなく、陸軍の大砲実験場に取り上げられて、東の外側の海岸に移されてしまったが、もとは伊勢湾の入口に面して、神宮との因縁も深く、昔なつかしい景勝の地であった。

四五町ほどの砂浜が、東やや南に面して開けていたが、そこには風のやや強かった次の朝などに、椰子の実の流れ寄っていたのを、三度まで見たことがある。ともかくも遥かな波路を越えて、まだ新しい姿でこんな浜辺まで、渡って来ていることが私には大きな驚きであった。

（柳田國男『海上の道』[12]）

神島の観的哨から望まれるのは、対岸の伊良湖崎である。

そこは柳田國男が、浜辺に漂着した椰子の実を見て、遥か南方から稲を携えて北上してきた日本人の起源を探る壮大な「日本人の南方渡来説」を着想した場所であった。『海上の道』の巻頭に付された「日本近海の海流図」には、黒潮の反流が伊勢湾口を洗う様子が示されている。

そして柳田は、椰子の実に象徴される「海からくさぐさの好ましいものを、日本人に寄与した風の名を、あゆと呼んでいた」と綴っている。「海がなア、島に要るまっすぐな善えもんだけを送つてよこし」という新治の述懐は、柳田の「あゆの風」の記述に照応している。『海上の道』が「心」に掲載されたのは、昭和二十七年のことで、三島は『潮騒』の執筆前にこれを読んでいたと思われる。

水産局から推薦された金華山沖の某島と神島の二つのなかから、三島が、神島を選んだことはよく知られている。選択の理由は、『万葉集』の歌枕や古典文学の名所に近いことだという。『潮騒』という題名は、柿本人麻呂が吾妹子を歌った「潮さゐに　伊良虞の島辺　漕ぐ舟に妹乗るらむか　荒き潮廻を」に拠ったのであろうが[13]、神島を選んだ理由は、『万葉集』の歌枕や古典文学の名所に近い」ことに加えて、常世の波の重波寄する国であり、『海上の道』の要衝であったからではあるまいか。

島の名のみも床しきに、月落ち懸る暁、または晴たる日の夕は、端的に仙境を望む思いありて、行きて見まほしさの堪えがたかりしを、島人も聞き知りて、水無月待宵の空の雲、吹き漂わす微風に乗りて、我を迎えの舟は来りぬ。

（柳田國男「遊海島記」[3]）

柳田國男は、明治三十五年に二十八歳で神島を訪れた。それから半世紀後の昭和二十八年、三島は二十八歳で神島を訪れている。神島は、日本民俗学の創始者が着目した〝仙境〟である。現代の神話の舞台――理想郷として、神島を選んだ三島の感性の鋭さには感嘆させられる。

観的哨の新治と初江は、焚火を挟んでつと廻る。

三島は、この情景を『古事記』の国生み神話になぞらえて描いた。[14] 歌島は「淤能碁呂島」、観的哨は「八尋殿」、焚火は「天の御柱」の見立てである。国生みを遣り直す二柱の神の姿は、漁師と海女のもどかしい恋の所作として反復される。

フレイザーの『金枝篇』には、恋人たちが火を挟んで立ち、互いに見詰め合い、燃えさしの上を飛び越えるボヘミアの習俗が記されており、[15] これに示唆されたのかも知れない。

柴田勝二は、「鮑は神饌として供されることが多く、初江が鮑を獲る名手であることは、彼女が伊勢神宮に仕える人間としての側面をもつ」「新治が力強くその火を飛び越え、初江の身体を抱きとめる行動が、〈戦火を越える〉という意味をはらむ」と論じた。[16] 卓見である。

さらに論をもう一歩進めると、焚火を挟んでつと廻る動作は、「神降し」「神迎え」の舞い（旋回）のようにも思える。ユルスナールは「神道の火の儀式におけるそれに近い」と指摘したが、[17] 観的哨の場面は「火」の通過儀礼であるとともに、新治を「巫覡」、初江を「巫女」とする「神降し」の火の祭儀の意味を持つというと、牽強付会が過ぎるであろうか。

ロンゴスの『ダフニスとクロエー』が『潮騒』の藍本とされるが、同書はただの牧歌的な恋物語ではない。舞台となったレスボスの島は、しばしば騒乱に見舞われている。田荘は、速船に乗ったフェニキア人の海賊に襲撃されて、ダフニスの恋敵ドルコオンが横死する。さらに、ミュティレーネーとメテュムナとの都市間戦争が勃発し、クロエーはメテュムナ軍の兵士に一時略奪されるのである(18)。

三島が描いた歌島も、決して平和な楽園ではない。潮騒の背後には、血塗られた歴史が隠されている。戦時中、新治の父が乗った組合の船は、歌島から三哩位のところでＢ２４リベレーターに遭遇して、一方的な攻撃を受ける。爆弾が投下され、機銃掃射がこれに続き、新治の父は、「頭の耳から上はめちゃめちゃに裂けて」死んだのである。新治が修学旅行にも行けなかったほど、久保家が貧困に喘いだ要因は、非戦闘員であった父を米軍機に殺戮されたことにある。こうした観点でみると『潮騒』は、〝被災家族の再生〟と、〝戦災遺児の自立〟の物語ともいえよう。

四　神島から沖縄へ

新治は「人口千四百、周囲一里に充たない小島」を離れて、歌島丸で旅立つ。

いわば王子の船出である。三島は、歌島丸の航路を神戸、門司、横浜間の本土に設定せず、これを沖縄航路とした。椰子の実の流れ寄った伊勢湾口を出帆して、黒潮の流れを遡行すれば、自ずと椰子の木の生い茂る琉球弧に至る。王子の船は、南の島に舳を向けて、柳田が日本人の源流を探った『海上の道』をゆく。

昭和二十六年に調印されて、翌二十七年に発効したサンフランシスコ講和条約により、連合国軍の占領が解けて日本は主権を回復するが、沖縄は米国の施政権下におかれた。そのため歌島丸は、外航船と同じ扱いで、通関手続きを必要とした。

やがて船は、沖縄の那覇に入港する。そこは、椰子が実を結ぶ楽土であったろうか。新治が目にした那覇周辺は、緑が滴る仙境ではなく、荒涼とした禿山であった。不発弾の残存を恐れた米軍が、山の樹々を残らず焼き払ってしまったからである。

神の天降る神聖な御嶽を含めて、島の森が破壊されている。「すこしも物を考えない少年」の感想こそ記されていないが、新治は、美しい国土が米軍によって蹂躙されている姿を目の当たりにしている。戦闘機の爆音は終日とどろき、広いコンクリートの舗道には数え切れぬほどの車が往来し、「米軍家屋は鮮やかな瀝青の光沢を放ち、民家は打ちひしがれて、つぎはぎのトタン屋根が風景に醜い斑らを描いてゐる」。

オキナハ　戦後米兵来り山々をみな焼く。不発弾のころると危ない故焼く。
トラックで山村おそひ　一人のこらずのせ移動させ、焼く。逃げると射殺さる。
上陸作戦は運天——北端から。上陸後一週間で十何里ナハ迄ひろい道路ひらく。突貫工事。

沖縄北端から上陸。（ひめゆりの塔は南端也）。

（三島由紀夫『潮騒』創作ノート）

「火」の試練（通過儀礼）を経て、姫の心を捉えた王子の行く手には、「水」の試練（通過儀礼）が待ち受けているが、ここでバシュラールを援用することは差し控えよう。観的哨の抱擁とともに物語の山場をなすのは、颱風に遭遇した歌島丸における新治の目覚ましい活躍であり、その場所が運天である。運天港は、沖縄北端の国頭郡今帰仁村にある重要港湾である。戦時中は、海軍の特殊潜航艇基地が置かれていたが、空爆によって壊滅し、「米軍が最初に上陸した地点」でもある。

新治は、身をくねらして蟠っている真暗な波を泳ぎ切り、命綱を浮標に繋ぎ止めて、歌島丸を救う。颱風は国際紛争、歌島丸は日本、新治は企業戦士、運天は米国の軍事力・経済力の暗喩で、昭和三十年代の我が国が、米国の核の傘のもとで急速な経済成長を遂げてゆくことを予見したものと読むことができそうである。

山川運送の用船となっている歌島丸は、沖縄へ材木を運び、帰りには鉄屑を積む。宮田家の婿となった新治の生計は、沖縄に復興資材を運び入れて、米軍関連のスクラップを持ち帰ることで支えられる。かくて戦災遺児の自立は、皮肉なことに父を殺した米軍によって齎される。新治が激浪を泳ぎ切って、浮標に繋いだ命綱は、神島の王子を沖縄の基地経済システムに絡め取る綱であったのだ。

五　日琉同祖論

『椿説弓張月』は、危機意識が生んだ作品である。

馬琴が『椿説弓張月』を書き始めた文化三年（一八〇六）は、膨張政策をとるロシアの船舶が北辺を脅かしたため、幕府が薪水給与令を布告した年である。植田啓子が論じたように馬琴は、諸外国の動向を警戒して、幕府の手ぬるい対応に危機感を募らせていた。(19)

三島が、最後の歌舞伎の原作として『椿説弓張月』を選んだ背景の一つには、こうした馬琴の危機意識や海防思想に共鳴するところがあったからではあるまいか。

馬琴の『弓張月』の方は、気楽に時代の距離を短縮した一点を除けば、その態度はいわゆる写実であった。『国姓爺』などとはちょうど正反対に、我々二つの島の者が、大昔手を分かった同胞ではないかということを、この書によって感じ始めた者も多かったように思う。そうすればまた尊敬すべき一の先覚者であったのである。（柳田國男『海南小記』[20]）

柳田は、『椿説弓張月』によって日琉同祖論を普及させた馬琴を「一の先覚者」と評価した。柳田の沖縄理解は、沖縄の文化と本土の文化は同質であり、沖縄には本土では既に失われてしまった古い姿が現実に生きているというものである。『海南小記』から『海上の道』へと展開する柳田の民俗学は、日本にとって沖縄は不可分な土地であることを、遙か昔に日本人の先祖が日本列島に渡ってきた経路を論じることで示そうとしたものである。とりわけ『海上の道』は、サンフランシスコ講和条約により、沖縄を切り捨てることで達成された日本の「独立」に警鐘を鳴らして、日本人に反省を促す意図をもって書かれた[21]。

沖縄復帰は、昭和四十七年のことで、三島が『椿説弓張月』を執筆した時点では、日米間で沖縄の返還交渉が大詰めを迎えていた。三島作品が、馬琴の危機意識や柳田の民俗学に触発されたことは確かなように思われるが、そこに描かれた琉球の姿は、馬琴の琉球観や柳田の沖縄文化論を祖述したものではない。三島には、応召、軍医の誤診によって即日帰郷し、同世代の若者を南の島で失ったという敗戦体験があった。そしてその体験は、年ごとに三島のなかで重みを増していった。

三島は、本土と不可分な土地である沖縄の戦いに真率な関心を寄せた。昭和二十年三月から六月にかけての沖縄戦は、戦没者が二十万人ともいわれる国内唯一の地上戦であり、日米最後の大規模戦闘であった。米軍が沖縄本島に上陸した四月、天一号作戦（菊水作戦）が発動されて、戦艦大和を旗艦とする第二艦隊が沖縄に向けて出撃する。坊ノ岬沖の絶望的な海戦を描いた吉田満の『戦艦大和の最期』を、三島は「日本人のテルモピレーの戦を目のあたりに見るやうである」と絶賛した。

海図台上に赤表紙、部厚なる書類あり
背文字は太く「天一号作戦関係綴」「天」号作戦とは「回生の天機」の意味ならんか
海図は沖縄本島周辺の詳細図数枚を重ねたり「コンパス」を「大和」主砲の射程四十キロ、十里（縮尺目盛）に合わせ、米軍上陸地点を中心に海図上に孤を描く　上陸地点砲

撃時の、本艦の予定進路なるべし
（吉田満『戦艦大和の最期』[22]）

昭和四十二年に三島が発表した『朱雀家の滅亡』では、海軍少尉となった朱雀家の嫡男・経広を「日本で一番危険なあの島」を守るために出征させて、名誉の戦死を遂げさせた。「貨物船と近東風の月夜と、ペルシャ湾の毛足の長い絨毯のやうな重い夕凪と」に憧れた経広少年は、戦時下の青年に成長し、その頬を海風が打つ。海風のなかには、絶望と栄光とがいっぱいに孕まれている。経広は、海に惹き寄せられるようにして戦地に赴く。

南の島における経広の戦死は、三島が、自らの分身に付した「懲罰」とも、輝かしい「賜死」とも読むことができそうである。「孤忠」を貫いて嫡子を失った経隆は、南の島へと続く海の見える高台から呼びかける。「経広よ。かへつて来るがいい。現身はあらはさずとも、せめてみ霊の耳をすまして、お前の父親の目に伝はる、おん涙の余瀝の忍び音をきくがよい」、と。

さらに三島は、戦艦大和の沖縄海上特攻を主題とする浅野晃の叙事詩『天と海』を基にして、新しく「ポエムジカ」という〃詩楽〃を生みだした。三島の朗読に、山本直純が曲を附したものである。『ポエムジカ天と海　英霊に捧げる七十二章』は、ＬＰレコードとしてリリースされた[23]。これにより、「むかしからいつも一つであった国土が呼んでゐる」という三島の肉声が残っている。

呼んでゐる
呼んでゐる
一つの声が
むかしからいつも一つであった国土が
呼んでゐる
呼んでゐる

（浅野晃『天と海　英霊に捧げる七十二章』）[23]

『椿説弓張月』の「伊豆国大嶋の場」で、上陸した敵軍に追い詰められて岩場から身投げする簓江と島君、自刃する為頼の姿は、サイパン島の戦いで、バンザイクリフから飛び降りて自決した婦女子の姿を想起させる。「薩南海上の場」の高間太郎、磯萩をはじめ忠臣たちの夥しい死は、沖縄戦の悲劇と二重写しに見えてくる。

西行、夢ともなく現ともなく御返事申けり

よしや君昔の玉のゆかとてもかゝらん後は何にかはせん
かやうに申たりければ、御墓三度迄震動するぞ怖しき
（『保元物語』）[24]

為朝の活躍を描いた『保元物語』には、西行が歌によって崇徳上皇の怨霊を鎮魂するくだりがある。この顰みに倣うと、三島の『椿説弓張月』は、無念の思いを抱いて南の島で散華した戦没者を悼む挽歌であり、死者の魂鎮めであり、通奏低音として英霊を鎮魂する靉靆たる調べが響いているように思われる。

六　琉球の君真物（きんまんもの）

清和源氏の嫡流・為朝の英姿は、琉球の王子の眼に「君真物」として映った。尚寧王の血をひく寧王女は、奸臣・利勇と巫女の長・阿公によって囚われの身となる。為朝は、利勇を倒して、「君真物」の犠にされようとした寧王女を救い出す。現れた為朝を見て、王子は「君真物が出たわ。出たわ」と狼狽える。いったい「君真物」とは何か。

我々が天神地祇の名をもって神々を総称するところを、沖縄の方では天神海神と呼んで

いる。あるいはまたオボツカクラの君真物が天神であるのに対して、儀来河内すなわちニライカナイの君真物を海神だというのも、しばしば引用せられる箇条であった。君真物の君は本来は巫女のこと、真物は正式の代表者という意味であったのを、後には神そのものの名と解したのは変化だが、ともかくも海の信仰は独立してなお伝わっていたのである。

（柳田國男『海上の道』[12]）

琉球の王室で祀った神を君真者と言ふ。真者とは尊者の称呼である。此を正しい文法にすると、真者君と言ふことである。琉球の神々と、内地の神々の最甚しい差異点は、琉球の神々は、時々出現することである。此出現を、新降（あらふり）と言ふ。球陽の説では、君真者は、天神と海神の二つで、色々の神々を、此二つに分類して居る。其中で、最著しい神は、与那原の御公事の神である。この神は、琉球の王朝の中に祭祀する。其祭祀する者は、此国第一位の女神官である。

（折口信夫『琉球の宗教』[25]）

「君真物」とは、琉球の王室で祀った神のことで、幼い王子は、為朝の出現を神の新降（あらふり）と見誤ったのである。原作のなかで馬琴は、天孫氏の父の「阿摩美久」「海神」「君真物」「南極老人」「福禄寿仙」はいずれも同じ神が別の場所に顕現したものであることを、縷々として蘊蓄を傾けながら説いている。[26]

一方三島は、巫女の長・阿公に「白波の環をめぐらせし珊瑚礁の浅瀬は萌黄いろ、そのかなたは深緑、そのわたのそこひこそ、君真物のおましどころでござります る。君真物のお怒りに触るれば、海は荒れ地は震ひ、雹さへ降って作物みのらず、悉く民の苦しみ」と語らせた。三島は、馬琴による「わが国最初の海洋小説」(徳田武)を、[27]全篇、つねに背後に海がある歌舞伎作品に仕立てたが、ここでも「君真物」を「天神」ではなく、荒ぶる「海神」として描いた。

「君真物」を祭祀する琉球第一位の女神官「聞得大君」は、大和では天照大神に仕える斎宮に相当する。三島が昭和四十二年から四十三年にかけて発表した『奔馬』では、前述したように三輪山が重要な舞台として登場する。三輪山は、山そのものが神霊の鎮まる神体山であり、神奈備であって、同様の祭祀形態が見られる場所が、沖縄である。沖縄の御嶽は、社殿を持たず、禁忌の強い森そのものを神祭りの場所としている。[28]日本文化の源流を探ってゆくと、大和の三輪山から琉球の御嶽に至ることは自然な流れである。

大神神社の参籠から三年を経た昭和四十四年、三島は「君真物」に導かれるように『椿説弓張月』の取材で沖縄を訪れる。島では、名護、今帰仁(今帰仁城・御願所)、北谷、糸満(南山城)、斎場御嶽を見ている。『椿説弓張月』創作ノート」には、「セイファウタキ　△斎庭の裏に石洞あり　水垂る。［この部分に石洞の図。次のように注記］拝む。石　――→海」と記録されている。『椿説弓張月』に描かれることはなかったが、三島は、琉球で最も神聖な場所とされる斎場御嶽を綿密に取材していた。

七　琉球の運天海浜

運天海浜では、月の出とともに宵宮が始まる。『潮騒』から十五年の後、『椿説弓張月』で三島は再び運天を採り上げた。琉球の歴史を繙くと、運天は、本土と最も緊密な繋がりを持つ土地である。

嘉津宇嶽の向うの麓が運天の港で、身長が六尺何寸、弓は三十人力という青年将軍が、大和から漕ぎ寄せてそこに上陸し、渚伝いにのっしのっしとやって来て、やがてこの下の牧港を出て還ってしまった。残波岬の波は、その時分から、今に至るまでこの島の女たちが、眺めては泣くべき波であった。

(柳田國男『海南小記』[20])

運天は、米軍上陸に先駆けることほぼ八百年、安元二年（一一七六）に為朝が上陸した地点であった。為朝が「運を天にまかせて、まっすぐにすすめ」と「船頭たちをはげまして」到着したその場所には、「源為朝公上陸の跡」と刻んだ石碑がある。(29) 奸臣・利勇と妖術者・曚雲を征伐して琉球を平定した為朝は、舜天丸を王位に就けて、島を旅立つ。琉球の伝承では、「牧港」から出帆し、馬琴の原作では、福禄寿仙（金真物）の導きで「八頭山」から神馬に打ち跨って飛翔する。

しかし三島は、為朝が天翔ける場所を「運天海浜」に改変した。運天は、『海上の道』の結節点であり、歴史的・文化的・経済的に琉球と本土とを繋ぐ場所である。三島畢生の大作『椿説弓張月』の幕切れで、為朝を運天から白峯（本土）に向けて旅立たせたところに、日本人の覚醒と奮起を促す狙いがあったように思われる。

運天海浜に白木の机を据え、御幣や榊を立てて為朝が祭を執り行うと、八重波が砕け、白波を蹴立てて神馬が出現する。馬琴の原作には「馬」とあるが、三島はこれを「白馬」とした。意外なことに、沖縄には白い色が豊かでないという。

暖かい南の国でありながら、沖縄にはどうも白い色が豊かでない。野山は一様に冬も深い緑で、処々に花の紅をもって点綴する。島を取り繞らす干瀬の浪だけを例外にして、大小の船の帆にも褐色のものが多い。鷗の羽の色も必ずしも白ではない。浜の真砂の一文字も、遠く見ればいわゆるクリーム色であって、これを運んで敷きつめた作り路も、リボンのように美しいが、やはり黄を帯びて緑と映じている。島人はことに年久しく山藍の香を愛して、その色に親しんでいたのである。

（柳田國男『海南小記』[20]）

三島は、運天海浜に「白馬」を登場させて、白のイメージを際立たせた。

思えば少年期から三島は、「白馬の幻を見るひと」（松本徹）であった[30]。さらに三島は、源氏の白旗にちなんで「鶴」「白縫」「白峯」「白木」「雪」「白帆」「白浪」「白波」「白馬」……と、原作から白のイメージを意図的に抽出している。イーフー・トゥアンによると、白は「光、純粋、精神性、無時間性、神性」を意味するとともに、「喪、死」の象徴でもある[1]。

三島は、つねに挫折し、つねに死へ、「孤忠への回帰」に心を誘われる為朝の生涯を、白色で彩ったのである。筆者には、自らを為朝に擬した三島が、言の葉で織りなした白の死装束を身に纏ったように思えてならない。

葉月も末の夕空に、弓張月を見るときは、この為朝の形見と思いやれ。

（三島由紀夫『椿説弓張月』）

南の島への憧れを作文に綴った公威少年は、三十余年後に壮年の作家・三島由紀夫となって沖縄を訪れた。昭和四十四年七月十一日、三島は運天港で舟遊びをした。その日、沖縄の海は、紺碧に耀いていた。『椿説弓張月』創作ノート」には、「多島の間をゆく、海の色、紺碧、水すみ、波一つなし」とある。

三島は、運天の記述を次のような言葉で結んだ。

「絶美の海景也」

【参考文献】

（1）『トポフィリア　人間と環境』イーフー・トゥアン／小野有五・阿部一訳　平成四年　せりか書房

（2）『潮騒の島　神島民俗史』田辺悟・田辺弥栄子　昭和五十五年　光書房

（3）「遊海島記」柳田國男（『柳田國男全集』筑摩書房）

（4）「真間・蘆屋の昔がたり」折口信夫（『折口信夫全集』中央公論社）
（5）『潮騒の神島考』櫛田勇　昭和六十年　味覚と文化社
（6）『神皇正統記』岩佐正校注　昭和五十年　岩波書店
（7）「歌島の人と言葉」矢野文博（『三島由紀夫選集　十四』昭和三十四年　新潮社）
（8）『アマテラスの誕生』筑紫申真　昭和三十七年　角川書店
（9）『増補大和の原像――知られざる古代太陽の道』小川光三　昭和五十五年　大和書房
（10）『知られざる古代　謎の北緯三十四度三十二分をゆく』水谷慶一　昭和五十五年　日本放送出版協会
（11）『三島由紀夫の文学』佐藤秀明　平成二十一年　試論社
（12）『海上の道』柳田國男（『柳田國男全集』筑摩書房）
（13）『日本古典文学全集　万葉集』昭和四十六年　小学館
（14）『日本古典文学全集　古事記・上代歌謡』昭和四十八年　小学館
（15）『金枝篇』J・G・フレイザー／吉川信訳　平成十五年　筑摩書房
（16）『三島由紀夫　作品に隠された自決への道』柴田勝二　平成二十四年　祥伝社
（17）『三島あるいは空虚のヴィジョン』ユルスナール／澁澤龍彦訳　昭和五十七年　河出書房新社
（18）『ダフニスとクロエー』ロンゴス／呉茂一訳　昭和二十六年　角川書店
（19）「曲亭馬琴の対外関心について」植田啓子（『言語と文芸　九』昭和四十年九月）
（20）『海南小記』柳田國男（『柳田國男全集』筑摩書房）

(21)「柳田國男全集　解説」福田アジオ（『柳田國男全集　一』平成元年　筑摩書房）
(22)『戦艦大和』吉田満　昭和四十三年　角川書店
(23)『ポエムジカ天と海　英霊に捧げる七十二章』昭和四十二年　タクトレコード
(24)『新日本古典文学大系　保元物語・平治物語・承久記』平成四年　岩波書店
(25)「琉球の宗教」折口信夫（『折口信夫全集』中央公論社）
(26)『日本古典文学大系　椿説弓張月』昭和三十三年　岩波書店
(27)「椿説弓張月　作品鑑賞」徳田武（『曲亭馬琴』昭和五十五年　集英社）
(28)「神殿をめぐって」和田萃（『三輪山の神々』平成十五年　学生社）
(29)『三島由紀夫と歌舞伎』木谷真紀子　平成十九年　翰林書房
(30)『三島由紀夫論　失墜を拒んだイカロス』松本徹　昭和四十八年　朝日出版社

第六章　小説に描かれた三島由紀夫

――蠱惑する文学と生涯

一　描かれた三島由紀夫

三島由紀夫の生涯と文学は、蠱惑的である。

そのためであろうか、三島をモデルにした小説、あるいは三島文学に触発されて書かれた小説は、少なくない。管見では、昭和三十一年に青柳淳郎が上梓した『小説皇太子殿下』を嚆矢として、平成二十七年に刊行された三輪太郎の『憂国者たち』まで、その数は百二十編を超えている。

これらの三島由紀夫関連小説について、①三島作品の書換え・パロディ・批判的継承、②実録小説・三島を回想した小説、③仮構の三島（平岡）が活躍する小説、④三島事件を意識した小説、⑤三島に言及した小説、⑥三島文学へのオマージュ、⑦その他、以上の七つに分類した。（章末の【三島由紀夫関連小説リスト】を参照のこと。）

「同時代作家の眼に、三島はどのように映ったのか」「三島の死後に登場した作家は、三島文学をいかにして乗り越えようとしたのか」今後、こうした作家論を展開するための基礎資料として、この覚書を取りまとめた。

二　三島作品の書換え（中上健次・村上春樹ほか）

水上勉の『金閣炎上』（昭和五十四年）は、三島の『金閣寺』からほぼ二十年後、『五番町夕霧楼』から十余年を経て上梓された。金閣寺の放火事件を題材として、三島は、終末観に支えられ、「行為」によって世界を変貌させようとした主人公の美的観念を華麗な文体で謳い上げたが、水上は、自らの禅寺での修行体験を踏まえて、若狭出身の貧しい林養賢に寄せる「共苦」の心情を淡彩の筆致で綴った。

昭和五十年代初頭、中上健次が、三島不在の文学界に登場する。後年、中上は、海外における講演会で真情を吐露した。現代の作家のなかでシンパシーを感じるのは、大江健三郎でも安部公房でもなく、「一度も会ったことないんですけど、三島由紀夫っていう人間に対して、あるいは作家に対して、非常にこうシンパシーを感じるし、それから一番自分と近いのではないかという感じを、ずーっと持ち続けている」、と。

中上の連作短編集『千年の愉楽』（昭和五十七年）のうちの一編は、『天人五衰』と題されている。戦時中は満州支那を放浪していたオリエントの康が、白い背広にリーゼントのいなせな恰好で「路地」に帰還する。康は、博奕とタンゴという淫蕩のなかに身を置きながら、南米への集団移住を夢想する。二度にわたる短銃狙撃にも生きながらえた康は、単身で渡航し、ブエノスアイレスで革命運動に巻き込まれて消息を絶つ。中上の『天人五衰』は、六編中の四番目に位置している。『今昔物語』のように仏世界の開闢を司る出来事でもなければ、『豊饒の海』のように物語の終焉を意味するものでもない。中上の天人五衰観について、四方田犬彦は「天人であることも五衰であることも、一回限りの特権的な事態ではなく、不断に反復をやめない同一の物語の変奏」と指摘した。

中上の『奇蹟』（平成元年）は、『岬』『枯木灘』『千年の愉楽』『地の果て　至上の時』とともに、「路地」を舞台とした貴種流離譚である。夏芙蓉の花に群れる金色の小鳥のように朋輩と戯れるタイチ。闘いの性と若死する血を受けて、博奕と喧嘩に明け暮れる荒ぶる魂タイチの鮮烈な生が、オリュウノオバとトモノオジによって語られる。男盛りのタイチは、極道同士の抗争の果て、簀巻きにされてダムに沈められる。「五衰する天人の放つ臭気のような体の甘い匂い」を発し、覚醒剤によって白日夢を見るタイチは、『奔馬』の勲を批判的に継承した姿で描かれている。

『異族』（平成五年）は、中上の遺作である。「路地」に生まれたタツヤ、在日二世のシム、アイヌモシリのウタリ、空手の猛者で胸に同じ形の青アザを持つ三人は、互いの血を啜りあって義兄弟の契りを結ぶ。アザの形に満州の地図を読みとった右翼の大立者が、三人に満州国の再建を説く。右翼への傾倒と義兄弟間の確執。次々と姿を現す青アザの「異族」たち。満州の形をした青アザは、『豊饒の海』の主人公の転生の徴である三つの黒子を思わせる。中上は、三島に倣って『南総里見八犬伝』の牡丹の痣の変種を持ち、「義」に生きる男たちの姿を描いた。

村上春樹の**『羊をめぐる冒険』**（昭和五十七年）は、三島が自裁した「一九七〇／一一／二五」に始まり、その日の「テレビには三島由紀夫の姿が何度も何度も繰り返し映し出されていた」と記されている。佐藤幹夫は、『夏子の冒険』と『羊をめぐる冒険』を詳細に対比して、前者の章題がイメージ変容されて後者に並び、舞台はいずれも北海道で、一方は「熊をめぐる冒険」、人物配置も同じと論じた。

『ねじまき鳥クロニクル』では、『夜会服』に類似した描写が目をひく。ナツメグの服飾デザインスタジオは、オフィスビルの六階に設けられ、「金額が大きければ大きいほど安心する」三十代から五十代にかけての女性が顧客で、彼女たちはナツメグに「仮縫い」される。『夜会服』に描かれた宮村のオートクチュールは、マンションの八階に設けられ、「東京一高價い店」という噂が評判を増して、おとくいは、日本の一流の奥様連をほとんど網羅し、顧客は仮縫いの順番を待っている。村上は、顧客が体内に抱えて、ナツメグが「仮縫い」し続けたものを

「癌の細胞」に例えているが、『夜会服』には、「さびしさ、といふのはね、きつと潜伏期の大そう長い、癌みたいな病気なんだわ」とある。三島畢生の大作『豊饒の海』に真正面から力技で挑んだ中上と、三島のエンターテインメントをさりげなく書換えた村上の小説作法は、対照的である。なお、『ノルウェイの森』は、『春の雪』の書換えという説があるが、筆者はこれを肯うことができない。

三島作品のなかでも『豊饒の海』には、書換えが多い。

澁澤龍彦の唯一の長編小説**『高丘親王航海記』**（昭和六十二年）は、本朝、唐、天竺を巡る「夢と転生」の幻想譚である。**笠井潔**の**『復讐の白き荒野』**（昭和六十三年）は、明らかな『奔馬』のパロディである。神風連に心酔して「昭和維新」を夢見る間島勲は、蹶起計画から外されて、この国で最初に昇る太陽を仰ぎながら割腹するため、北海道に渡る。自決を逡巡し、根室の漁師となった勲は、国家的規模の罠に嵌められて、ソ連に抑留される。国後島の強制収容所を脱走した勲は、壮絶な復讐を遂げた後、昇る太陽はなく、暗い海に向かって、刃を腹に押し当てる。**姫野カオルコ**の**『変奏曲』**（平成四年）は、平成、大正、昭和、未来と時代の異なる四章からなり、華族の姉弟の禁断の恋を描いている。

周知のとおり**遠藤周作**の**『深い河』**（平成五年）は、『暁の寺』の書換えである。「必ず、生まれかわる」という妻の遺言に導かれた磯辺や、美津子、沼田、木口、大津らは、人生の意味を求めて母なる河ガンジスに向かう。生真面目な神学生の大津を誘惑して堕落させたのは美津子であるが、美津子という名前は、三島が溺愛した亡妹と同じである。これもシンクロニシティであろうか。三島が「ここには悲しみはなかった。無情と見えるものはみな喜悦だった」と描出したベナレスを、遠藤は「ここでは死が自然の一つであることが顕然として感じられる」と捉えた。仏教の源流を探った三島と、日本人が信仰すべき基督教を模索した遠藤は、ガンジスの河畔で交錯する。**京極夏彦**の伝奇ミステリ『**魍魎の匣**』（平成七年）は、「生れ変わり」と「天人五衰」がキーワードで、作中に登場する男が手にした匣には、首が入っている。

三　三島作品の書換え（島田雅彦・奥泉光・町田康ほか）

昭和五十年代末、三島の存在を強く意識して**島田雅彦**が登場した。『**僕は模造人間**』（昭和六十一年）は、出生時の記憶から語ることによって、この小説が『仮面の告白』の書換えであることを明示している。常に演技し、演技する自分を茶化すことにすら快感を覚える「はずれ玉」亜久間一人の屈折した青春を描く。島田は、九歳で遭遇した三島事件について、次のように記している。

床に転がる三島由紀夫の首は雄弁だった。言葉そのものであるような首だった。殆ど理解不能な、意味をこじつけることもできない言葉を耳に痛いほど首は喋り続けていた。

（島田雅彦『僕は模造人間』）

島田の**『自由死刑』**（平成十一年）は、『命売ります』の書換えである。生きることの虚しさを感じた男が、一週間後の自殺を決意して、自らに「自由死刑」を宣告する。しかし男の前には、怪しげな映像会社の社長、ポルノ女優、臓器売買業者、殺し屋、アイドルタレントなどが現れて、次々に事件が起きる。「果たして男は、無事に死ねるのか？」というアイロニカルな状況を描いている。

『無限カノン』（平成十二〜十五年）は、四十歳を控えた島田が、『豊饒の海』の向こうを張り構想を練った三部作である。明治の中頃、長崎で蝶々さんと呼ばれた芸者が、米国の士官に棄てられて自害する。二代目のＪＢは、母の幻を追って米国、満州、焼土と化した日本を彷徨う。三代目の蔵人は、マッカーサーの愛人となった美貌の映画女優・松原妙子に魂を奪われる。四代目のカヲルは、運命の女・不二子に出会うが、恋敵として皇太子が登場する。島田が描く四代百年にわたる禁断の恋の物語は、『春の雪』によって幕を開ける。エピグラフは、松枝清顕の最後の言葉である。「今、夢を見ていた。又、会うぜ。きっと会う。滝の下で」現代の茫漠たる状況のなかにあって、鬱病の主人公が語る最も危険で、最も甘美な恋愛譚は、『春の雪』を安楽死させ」ようとする試みであった。

奥泉光は、**『滝』**（平成二年）のあとがきに「夢のなかから生まれた小説だ。登場人物にも物語の設定にも特定のモデルはない」と記している。しかし、これは韜晦であろう。『滝』は、夏の山岳清浄行に挑む少年たちを描く。裕矢は、眉目秀麗で、気力が横溢して剣道が強いリーダーの片桐勲を憧憬している。少年たちは、白装束で奥日光の山中七か所の社を巡る。「純粋」を追及する勲。勲に対する嫉妬と愛憎と反逆。混乱の果て、裕矢は、七の滝の近くで勲の死体を発見する。この梗概は、壬生が憧憬する剣道部主将・国分次郎の生と死を描いた『剣』に酷似している。不良の手から次郎が鳩を救出する場面は、卑劣な登山者の手から勲が蛇を救う挿話に変奏される。紙垂、榊、誓約（うけい）、滝行、審神者（さにわ）。道具立ては『奔馬』と重なり、主人公の名前も同じ勲である。奥泉の「夢」とは、「三島文学」の謂いであろうか。

奥泉の**『神器—軍艦「橿原」殺人事件』**（平成二十一年）は、戦争とは何か、国家とは何か、日本人とは何かを問う壮大なスケールの物語である。重い主題を扱いながら、実験的な文体によるエンターテインメント性豊かな小説で、奥泉の本領を発揮している。大東亜戦争の末期、探偵小説マニアの石目上水が、軍艦「樫原」に乗艦する。石目は、『白鯨』の語り手イシュメルに相当し、『黒死館殺人事件』を思わせる艦底倉庫の密室殺人事件の謎に挑む。天皇の双子、ロンギヌスの槍、ムー大陸、三種の神器。極秘の任務を巡って錯乱する艦内。神器に関わる「罪」を告白した永澤艦長は、乗組員の前で切腹し、介錯された首が甲板を転がる。探偵小説、伝奇小説、SF小説の要素を持ち、メルヴィル、ドストエフスキー、ポー、カフカ等に拠る大作であるが、艦底に現れた戦死者の群れは、「この戦争に勝たぬ限り日本に未来はない。あったとしても、オレたちが全部破壊してやる!」と『英霊の声』以上に激しい呪詛の言葉を吐く。

町田康の『告白』（平成十七年）は、町田版『金閣寺』である。というと、大方の読者は、これに疑問を感じるのではあるまいか。古典主義者の三島と、パンクロックの町田は、一見、対極に位置しているような感がある。『告白』は、明治二十三年に起きた連続殺人事件「河内十人斬り」をモデルにしている。赤阪水分村の侠客・熊太郎と弟分の弥五郎が、痴情と金銭関係の縺れから、村の顔役一家十人を惨殺し、金剛山中で自殺した事件である。民衆の同情は犯人側に集まり、後に「男持つなら熊太郎弥五郎、十人殺して名を残す」と河内音頭に歌われた。三島は、吃音が内界と外界の障碍となって、自由に言葉を操ることができない鬱屈した青年僧を描いた。町田は、熊太郎を極度に思弁的・思索的な人物として造形した。百姓の倅なのに思弁的、その思弁を皆の使っている言葉と同じ言葉を使って伝えることができず、思弁は内向して身体のなかを暴れ、挙げ句、粗暴の振る舞い、愚行、乱行に及ぶ。河内の百姓言葉では、熊太郎の思いを伝えることができない。いや、ことは河内だけに留まる問題ではない。言文一致の『浮雲』が発表されたのは、明治二十年代の初頭で、事件の直前である。当時、わが国では、内面を語る言葉は成熟していなかったのだ。熊太郎は、言葉で掬いきれない思いを楠木正成に託す。自らを正成の生まれ変わりだと思い込み、「正義」の観念で行為の裏打ちをする。青年僧が、「逆臣」義満の金閣寺に火をつけたように、大楠公の命日、熊太郎は白刃を手にして赤阪を走る。熊太郎を凶行に駆り立てたのは、「正義の顕現」という妄執であった。これまでに町田は、坂口安吾や太宰治、織田作之助の語りに倣い、中里介山から梶井基次郎の作品まで幅広く書換えを行っている。世間を震撼させた大犯罪をモチーフにした本作では、『金閣寺』を読み込んだ上で構想したと思われる。『告白』というタイトルも、三島を意識してのことかもしれない。町田は、「最後は辛くて、三行書くごとにそのへんにある本を手にして読んでいました。三島由紀夫の伝記など、分厚い本を手にしていました」と語っている。

異色作を一つ紹介する。**阿部和重**の短編小説**『公爵夫人邸の午後のパーティー』**（平成九年）

には、楠木夫人というセーラームーンのコスプレ女が登場する。阿部は、この下品な女が『禁色』の鏑木夫人のパロディであることを明らかにしている。

ここまで中上健次、村上春樹、島田雅彦、奥泉光、町田康の作品を見てきた。五人は、三島の死後に登場した最も力量のある作家である。わが国を代表する五人の作家が、申し合わせたように三島作品の書換えに挑戦することによって、三島の存在あるいは文学を乗り越えようとした事実は重い。

四　実録小説（平林たい子・吉行淳之介ほか）

平林たい子の『小説三島由紀夫』（昭和三十五年）は、「婦人公論」十一月号「創刊四十五周年記念特大号」に掲載された。同号は、三島のエッセイ『創刊四十五周年を祝ふ』が巻頭を飾り、本作のほか、三宅艶子の『小説井上靖』、瀬戸内晴美の『小説丹羽文雄』、渡辺喜恵子の『小説松本清張』の四編で構成する「実名小説特集」を組んでいる。遠慮のない平林の描写は、阿諛追従に終始した三宅とは対照的である。

とうとう三島さんの筆はのびて、なおみ女史が夫の事業の再建のために夫に内証で夫の以前の知合いや、若い頃自分の知合いだった男性を歴訪して金を無心して歩くところをかいてしまった。この個所がなくては、この小説のヤマは盛り上らない。三島さんは、モデルに助けてもらったような気持さえしながら、一気にその個所をかき運んでほっとした。「ああ、あの人にはわるいな」とつぶやいた。が、少しも悪いとは思っていなかった。

（平林たい子『小説三島由紀夫』）

平林は、畔上輝井を「なおみ女史」と変えてはいるものの、当時、渦中にあった『宴のあと』プライバシー事件をモチーフにしている。三島は、美しい真実を求めた人間を描くのであれば、モデルが誰であれ、仮にも名誉を傷つけるような結果にはならないという確信を持っていた。三島より二十歳年長で、昭和初期にプロレタリア作家として出発した平林は、芸術家としての自負と矜持に満ち溢れて、いささか驕慢な三島の姿を捉えている。

三島事件の直後、「小説ＣＬＵＢ」に二編の短編小説が発表された。**千家紀彦**の**『小説三島由紀夫』**と**夏文彦**の**『小説三島氏切腹』**である。千家は、出雲国造（男爵）・千家尊福の孫で、学習院初等科の一年から六年まで平岡と同級生であった強みを生かして、学生時代の逸話を書いている。**村上兵衛**の**『小説三島由紀夫』**（昭和四十六年）は、三島の生涯を辿る構想のもとに起筆された。しかしながら「週刊サンケイ」の連載は、「第一章『仮面の告白』」「第二章『花ざかりの森』」「第三章『青の時代』」「第四章『禁色』」で終了して、中途半端な形のまま残された。

円地文子の『冬の旅』(昭和四十六年)は、三島の死を悼む小品である。『女形一代—七世瀬川菊之丞伝』(昭和六十一年)のモデルは、六世中村歌右衛門で、三島は、ラシーヌの翻案劇を提供する沢木紀之として登場する。円地は、女の嗅覚をもって、二人の性の秘密に鋭く迫っている。

吉行淳之介の『スーパースター』(昭和四十九年)は、辛辣な短編小説である。大正十三年生まれの吉行は、三島の一歳年長にあたる。昭和二十九年に『驟雨』ほかで芥川賞を受賞して作家生活に入るが、その時すでに三島は、新潮社から『三島由紀夫作品集』(全六巻)を上梓するなど、文学者として揺るぎない地歩を固めていた。『スーパースター』というシニカルな題名から、吉行の屈折した心情を窺うことができる。「超スターとでも訳す言葉だが、揶揄の意味はなく、むしろ尊敬か。アンダーグラウンド派から出た言葉らしく、『ジーザスクライスト・スーパースター』という題名の映画もある」とわざわざ注を付している。

ダイヤルをまわす彼の手つきや、送話器を握ったほうの肘をカウンターに置いて軀をなめにしながら話している格好には、他人の目を意識しすぎているところがあった。自分はいつも世の中から注目されている存在なのだ、という姿にみえて、「あれじゃ、疲れるだろうなあ」と、おもった。

（吉行淳之介『スーパースター』）

昭和二十八年から三十年にかけて文壇に登場した「第三の新人」は、上からは大岡昇平、三島、安部公房などの「第二次戦後派」に抑え込まれ、下からは石原慎太郎、大江健三郎、開高健たち有力な若手に突き上げられて、挟撃される立場にあった。「第三の新人」にとって最も煙たい存在は、年少でありながら世界的な評価を得ていた三島であった。三島の死後、「第三の新人」は、永年の重しがとれたかのように闊達自在な文学活動を展開した。

五　仮構の三島が活躍する小説（武田泰淳・荒俣宏ほか）

三島の自決の直前に、その死を予見した三編の小説が書かれている。宇能鴻一郎の『切腹願望』（昭和四十五年）、奥月宴の『天皇裕仁と作家三島由紀夫の幸福な死』（昭和四十五年）、そして武田泰淳の『富士』（昭和四十六年）である。『富士』は、戦時下、富士山麓の巨大精神病院で繰り広げられる曼荼羅図である。虚言症の一条実見をはじめ、癲癇の大食漢、無言の哲学少年、鳩を熱愛する男、神聖受胎を宣言する女など、錯乱した患者たちが、病院の内外で狂奔する。三島をモデルにした一条は、ひたすら「優雅」を心がけて、その「優雅」を自分ぐらい身につけている青年は、日本のどこにも存在しないという自信を固く保っている男である。一条は、自分を「宮様」だと詐称して、なんと本物の宮様の前に躍り出る。

一条は、御陵の裏山をつたって、もっとも神聖な参拝の地点、つまりは宮殿下の前に、突然あらわれたとき、警官の制服を着用していた。「宮様さん。そっちも宮様、こっちも宮様。三十秒、話しあいましょう。とりあえず、これを」と一条は「日本精神病院改革案」を、殿下に手わたした。「怪しい奴が徘徊していますから、気をつけなさい……。ところで、その怪しい奴は、ぼくですがね。そのぼくが宮様なんです」

（武田泰淳『富士』）

警備員が飛びかかった時、一条は凄まじく暴れる。一条の不必要な抵抗、悪あがきは、彼が殺されるために必要だった。一条は「宮様」のままで死ぬために、警備員たちを「無礼者！」「不忠者！」などと罵倒して、相手の怒りを激発させる。畢竟、憲兵隊のなかで青酸カリによる自殺を遂げる。一条の事件と、三島事件は符合している。武田は、三島の文学上の好敵手で、三島の真率な理解者でもあった。三島の葬儀に僧衣で参列した武田は、帰宅して百合子夫人に『富士』の創作には、三島さんが力を貸してくれた」と語ったという。

荒俣宏の**『帝都物語』**は、平将門の怨霊によって帝都の破壊を目論む魔人・加藤保憲と、その野望を阻止すべく立ち上がった人々との戦いを描く。明治末期から百年にわたる壮大な伝奇小説であるが、三島は**『不死鳥篇・百鬼夜行篇・未来宮篇』**（昭和六十一年）に登場する。自衛隊の情報将校に化した加藤は、三島の祖国防衛隊を支援する。加藤は、左翼学生と自衛隊との武力対決を惹き起こして、東京を混乱に陥れようとするが、加藤の正体を暴いた三島は、「霊的防衛」を叫んで自決する。三島の霊は、地下深く降りて、遂に地霊・将門と対決する。帝都を護り抜けるかどうかは、将門を元の睡りに戻す試みの成否にかかっていた。この怨霊が激怒して地表に再出現すれば、東京は第二の破壊を、第二の大地震を迎えることになる。

「将門ッ！」思わず知らず、絶叫が三島の口をついて奔った。大異変を阻止する仕事は、三島と彼の剣に託された。もしも——万が一にも、すでにたくさんの血を吸い尽くして現世に目覚めたこの怨霊を鎮めそこなえば、そのときは……。三島は恐ろしい絶望を振り払った。かぶりを強く振り、歯を剝きだし、これ以上は出せぬというほどの気合を籠めて、妖刀関孫六を打ち込んだ。

（荒俣宏『帝都物語』）

三島事件の当時、二十三歳の荒俣は、日魯漁業に入社して一年目であった。三島の霊と将門の怨霊を対決させるアイデアは、荒俣の独創ではない。三島の死後程なく、**武智鉄二**は、三島の首が関東上空を飛行して将門の首と論争する怪異譚**『三島由紀夫の首』**（昭和四十七年）を著した。**矢切隆之**の**『淫魔教団』**（平成四年）には、「三島由紀夫は、霊格の高さからいって、古事記のスサノオ――ヤマトタケルにつながる霊の系譜。将門の霊が、いままで、首都・東京を鎮護してきたという説があるが、三島由紀夫の霊が、将門に代わりつつある」とある。春日井建の弟子である**水原紫苑**が発表した短編小説**『銀河』**（平成十六年）は、女が夢のなかで三島の首を受胎して、銀河に続いている清冽な小川の上にそれを産み落とすという幻想小説である。

六　仮構の三島が活躍する小説（矢作俊彦・久世光彦・松浦寿輝）

『あ・じゃ・ぱん』（平成九年）は、**矢作俊彦**渾身のパロディ小説であり、オルタネートヒストリーである。米国からライシャワーの愛弟子がＣＮＮの特派員として来日する。日本は、東経一三九度線を境界として東側と西側に分断されて、原爆が誤って投下された富士山は無残にも崩壊している。拝金主義の西側では、大阪弁が標準語となり、吉本興業の一族が政権を担っている。共産主義の東側では、官僚機構を掌握した中曽根康弘が「大車輪政策」を展開するが、田中角栄が新潟を根拠地とする反政府組織「独立農民党越山隊」を率いて、抵抗を続けている。昭和天皇の崩御に伴い、東と西を分断する壁が壊れようとしている。飯沼勲こと平岡公威は、角栄の右腕で、怜悧な剣の遣い手である。平岡は、江の島のソ連海軍基地にペットを連れて現れる。

「驚かんでくれ」と、平岡は言った。「これは、ただのミナミゾウアザラシだ。なぜか気に入ってね。鵠沼の水族館が立ち行かなくなって、あの競艇場に身売りしたとき、買い取ったんだ」彼は、その巨大な生き物を呼び寄せ、そっと鼻先をなで上げた。「変に鋭敏だったり繊細だったりしないところがいいだろう。グロテスクだが健康で、断じてデカダンではない」

（矢作俊彦『あ・じゃ・ぱん』）

周知のとおり三島は、『小説とは何か』で、ミナミ象アザラシという奇怪な巨大な海獣の姿を理想的な小説に例えた。矢作の奇想と構成力とパロディ精神には、感嘆する。三島事件の当時、二十歳の矢作は、漫画家としてのデビューを果たして、映画監督を目指していた。

久世光彦の**『蕭々館日録』**（平成十三年）は、読者を妖しい世界へと誘う。時は大正時代の終わり、場所は本郷弥生町の坂の途中にある「蕭々館」、すなわち小島政二郎（児島蕭々）の自宅である。夕刻になると、芥川龍之介（九鬼）、菊池寛（蒲池）をはじめ、美大の迷々、精神科医の並川、金貸しの中馬、駆け出し編集者の雪平などが集まっては、文学談義を繰り広げる。蕭々の五歳になる娘・麗子の視点で、彼らの生態が描かれている。三島は、近所に住む比呂志として登場する。比呂志は、六歳のくせに頭がいやに大きくて、歩く姿がフラフラ見える天才少年である。

「九鬼さんの『羅生門』には、最後に光が見えます。黒洞々たる冷たい雨の夜なのに、温かくて、ホッとするような光があります。見当違いかもしれませんが、ぼくはこれを『今昔物語』風のコメディとして読みました」「ありがとう、比呂志くん。そんな風に読んでくれて嬉しいと思います」九鬼さんは比呂志くんに頭を下げる。比呂志くんは体を硬くして最敬礼する。「ところで、比呂志くん」「はい」「君は、ほんとうに六歳なのですか？」

（久世光彦『蕭々館日録』）

大正十四年生まれの三島と、昭和二年に自殺した芥川。生前、二人が邂逅したという事実はない。しかし久世は、大正文学の旗手・芥川から昭和文学の申し子・三島へと、「文学の炬火」が受継がれる情景を想像裡に描いた。『一九三四冬―乱歩』の乱歩や荷風、『蕭々館日録』の芥川や三島……、久世の筆には愛惜の念が籠められている。三島事件の当時、三十五歳の久世は、ＴＢＳドラマ『時間ですよ』の演出家として辣腕を振るっていた。

松浦寿輝の『不可能』（平成二十三年）は、大きな話題を呼んだ。男の名は、平岡。咽喉もとに深い傷痕がある。無期懲役の判決で入監し、二十七年を経て仮出獄になったのだ。平岡は、東京西郊の住宅街に地下ばかりが広いコンクリート造の二階家を建て、使用人と暮らしている。地下室に墓所めいたバーを作り、録音された酒場の喧騒を聞きながら、一人でグラスを傾ける。

　カウンターの後ろに鏡を嵌めこんで、スツールに座ると自分の顔が正面に映るようにした。水割りくらい自分で作るのは大した手間ではない。薄暗い間接照明を灯した室内は本物のバーのようで、一杯の水割りを嘗めながら平岡は深夜ずいぶん長いことそこにただ座っているこどもあった。何を思い出したりしなくても時間は流れていった。

（松浦寿輝『不可能』）

やがて平岡は、西伊豆の海辺の土地を購入する。月光を浴びるために天井を総ガラス張りにした八角形の塔を持つ別荘を建て、そこに客を招く。パーティーの最中、平岡は、「作家」と綽名される日雇労働者を替え玉にして、日本を脱出する。『花腐し』や『半島』など、社会から脱落した中年男の心象を綴った松浦が、本作では三島の老年に挑んだ。「老い」を峻拒して四十五歳で自裁した三島を、敢えて老人の姿で描き出すことで、自ずと批評性の高い作品となっている。三島事件の当時、十六歳の松浦は、開成学園に通う高校生であった。

七　甦る三島由紀夫

「死後に成長する作家」とは、秋山駿の名言である。

三島の存在あるいは作品が、死後もずっと長く、常により新しい現代的な問題を孕んで再生してくることを評した言葉であるが、確かに三島の存在は、多数の筆によって呼び戻されている。

平成二十七年――三島由紀夫生誕九十年・没後四十五年現在で、三島を描いた小説の数は百二十編を超えて百三十編に迫ろうとしている。

章末に付した【三島由紀夫関連小説リスト】は、管見によるものである。遺漏も多いと思われるので、これ以外の三島由紀夫関連小説を御存知であれば、筆者に御教示いただきたい。

昭和六十年。三島の死から十五年を経たこの年を分水嶺として、新たな書き手が登場する。彼らは、膨大な三島の文学作品と市ヶ谷伝説を基にして、三島を造形する。驚くことに平成三年以降は、七十編を超える三島由紀夫関連小説が発表されており、これは年間三編のペースである。三島の不在が、作家の精神を刺激し、魅了し、創作意欲に火をつけて、様々な三島の姿が描かれる。

関の孫六を携えて帝都を守護する魔神の姿。ミナミゾウアザラシを連れた反革命の剣士の姿。芥川龍之介を瞠目させる天才少年の姿。完全犯罪を達成して日本を脱出する老人の姿。……三島は、〝死と再生〟による永遠の生命を希求した。

その希いどおり確かに三島は小説のなかでも甦っている。三島を描いた小説は、今後も陸続と上梓されるであろう。

孔雀明王は、胎蔵界曼荼羅蘇悉地院の南端より第六に位し、諸仏能生の徳に住するが故に「孔雀仏母」とも称する。

この女神は本多が今までに蒐めた仏書と照合してみると、明らかに、ヒンヅーの精力信仰に属してゐた。シャクティ信仰は、シヴァの妻たるカーリーあるひはドゥルガに向けられたものであるから、かつて本多がカルカッタで参詣したカルガート寺院の、あの血なまぐさいカーリー女神の像こそ、孔雀明王の原型なのであつた。（三島由紀夫『暁の寺』）

三島の遺作『豊饒の海』は、輪廻転生の物語である。

第二巻『奔馬』の「昭和維新」を志した飯沼勲は、第三巻『暁の寺』のタイの王女ジン・ジャンに転生した。

ことによると新しい小説では、「文武両道」を志した三島が、ヒンドゥーのカーリー女神あるいは孔雀明王と化して登場してくるのかもしれない。


【三島由紀夫関連小説リスト】

① 三島文学の書換え・パロディ・批判的継承

『五番町夕霧楼』　水上勉　文藝春秋新社　昭和三十八年　【金閣寺】
『金閣炎上』　水上勉　新潮社　昭和五十四年　【金閣寺】
『千年の愉楽』　中上健次　河出書房新社　昭和五十七年　【天人五衰】
『羊をめぐる冒険』　村上春樹　講談社　昭和五十七年　【夏子の冒険】
『僕は模造人間』　島田雅彦　新潮社　昭和六十一年　【仮面の告白】
『金閣寺殺人旅情』　斎藤栄　祥伝社　昭和六十二年　【金閣寺】
『高丘親王航海記』　澁澤龍彦　文藝春秋　昭和六十二年　【豊饒の海】
『復讐の白き荒野』　笠井潔　講談社　昭和六十三年　【奔馬】
『奇蹟』　中上健次　朝日新聞社　平成元年　【奔馬】
『滝』　奥泉光　集英社　平成二年　【剣】【奔馬】
『袈裟の首』　松本徹　福武書店　平成三年　【源氏供養】【弱法師】
『イースト・イズ・イースト』　コラゲッサン・ボイル／柳瀬尚紀訳　平成四年　新潮社　【葉隠入門】
『変奏曲』　姫野カオルコ　マガジンハウス　平成四年　【豊饒の海】
『深い河』　遠藤周作　講談社　平成五年　【暁の寺】
『異族』　中上健次　講談社　平成五年　【豊饒の海】
『ねじまき鳥クロニクル』　村上春樹　新潮社　平成六年　【夜会服】
『魍魎の匣』　京極夏彦　講談社　平成七年　【天人五衰】

『六月のうさぎたち』　草薙渉　集英社　平成七年　【憂国】
『陛下』　久世光彦　新潮社　平成八年　【憂国】【英霊の声】
『公爵夫人邸の午後のパーティー』　阿部和重　講談社　平成九年　【禁色】
『侯爵サド夫人』　藤本ひとみ　文藝春秋　平成十年　【サド侯爵夫人】
『美貌の帳―建築探偵桜井京介の事件簿』　篠田真由美　講談社　平成十年　【卒塔婆小町】
『自由死刑』　島田雅彦　集英社　平成十一年　【命売ります】
『薔薇盗人』　浅田次郎　新潮社　平成十二年　【午後の曳航】
『彗星の住人』（無限カノン第一部）　島田雅彦　新潮社　平成十二年　【豊饒の海】
『美しい魂』（無限カノン第二部）　島田雅彦　新潮社　平成十五年　【豊饒の海】
『エトロフの恋』（無限カノン第三部）　島田雅彦　新潮社　平成十五年　【豊饒の海】
『弱法師』　中山可穂　文藝春秋　平成十六年　【弱法師】【卒塔婆小町】
『告白』　町田康　中央公論新社　平成十七年　【金閣寺】
『靖国炎上』　荻原雄一　夏目書房　平成十八年　【英霊の声】
『神器―軍艦「橿原」殺人事件』　奥泉光　新潮社　平成二十一年　【英霊の声】
『クラウド・アトラス』　デイヴィッド・ミッチェル／中川千帆訳　河出書房新社　平成二十五年
【豊饒の海】

②　実録小説・三島を回想した小説

『小説三島由紀夫』　平林たい子　「婦人公論」昭和三十五年十一月号
『小説三島由紀夫』　千家紀彦　「小説CLUB」昭和四十六年三月号
『小説三島氏切腹』　夏文彦　「小説CLUB」昭和四十六年三月号
『小説三島由紀夫』　村上兵衛　「週刊サンケイ」昭和四十六年一月十一日〜八月二日号
『冬の旅』　円地文子　「新潮」昭和四十六年十一月号（『川波抄・春の歌』講談社）
『順逆の人―小説・三島由紀夫』　豊田穣（『寂光の人』文藝春秋）　昭和四十八年
『スーパースター』　吉行淳之介　「群像」昭和四十九年五月号（『鞄の中身』講談社）
『木蓮の皇帝』　ハンス・エッペンドルファー（ドイツ）　一九八四年
『三島由紀夫―剣と寒紅』　福島次郎　文藝春秋　平成十年
『小説三島由紀夫事件』　山崎行太郎　四谷ラウンド　平成十二年
『薔薇とペルソナ―小説三島由紀夫』　葉山修平　沖積舎　平成十四年
『飛魂抄』　福島次郎（『淫月』宝島社　平成十七年）
『見出された恋―《金閣寺》への船出』　岩下尚史　雄山閣　平成二十年
『逆事』　河野多恵子　新潮社　平成二十三年

③　仮構の三島（平岡）が活躍する小説

『殺人教室』　石原慎太郎　新潮社　昭和三十四年
『虚無への供物』　中井英夫（塔晶夫）　講談社　昭和三十九年

『真夜中のマリア』　野坂昭如　新潮社　昭和四十四年
『天皇裕仁と作家三島由紀夫の幸福な死』　奥月宴　アングラ出版　昭和四十五年
『富士』　武田泰淳　中央公論社　昭和四十六年
『三島由紀夫の首』　武智鉄二　都市出版社　昭和四十七年
『眠狂四郎無情控』　柴田錬三郎　新潮社　昭和四十七年
『帝都物語　不死鳥篇・百鬼夜行篇・未来宮篇』　荒俣宏　角川書店　昭和六十一年
『淫魔教団』　矢切隆之　青樹社　平成四年
『あ・じゃ・ぱん』　矢作俊彦　新潮社　平成九年
『蕭々館日録』　久世光彦　中央公論新社　平成十三年
『銀河』　水原紫苑　「すばる」平成十六年八月号（『生き肌断ち』深夜叢書社）
『三島転生』　小沢章友　ポプラ社　平成十九年
『不可能』　松浦寿輝　講談社　平成二十三年

④　三島事件を意識した小説

『みずから我が涙をぬぐいたまう日』　大江健三郎　講談社　昭和四十七年
『帰らざる夏』　加賀乙彦　講談社　昭和四十八年
『菊帝悲歌──小説後鳥羽院』　塚本邦雄　集英社　昭和五十三年
『優しいサヨクのための嬉遊曲』　島田雅彦　福武書店　昭和五十八年

『倉橋由美子の怪奇掌篇』　倉橋由美子　潮出版社　昭和六十年
『ポポイ』　倉橋由美子　福武書店　昭和六十二年
『ミイラになるまで』　島田雅彦　「中央公論文芸特集」平成二年冬号（『アルマジロ王』新潮社）
『伝説』　中山雅仁　河出書房新社　平成五年
『天啓の宴』　笠井潔　双葉社　平成八年
『さよなら、ハニー』　中山紀　新風舎　平成十年
『もうひとつの憂國』　荻原雄一　夏目書房　平成十二年
『ふくみ笑い』　町田康　「群像」平成十四年十一月号（『権現の踊り子』講談社）
『僕のお腹の中からはたぶん「金閣寺」が出てくる』　舞城王太郎　「群像」平成十五年三月号
『ファンタジスタ』　星野智幸　集英社　平成十五年
『ロンリー・ハーツ・キラー』　星野智幸　中央公論新社　平成十六年
『さようなら、私の本よ！』　大江健三郎　講談社　平成十七年
『無間道』　星野智幸　集英社　平成十九年
『蒼白の月』　広瀬亮　文芸社　平成二十一年
『水死』　大江健三郎　講談社　平成二十一年
『憂国者たち』　三輪太郎　講談社　平成二十七年

⑤　三島に言及した小説

『小説皇太子殿下』　青柳淳郎（千家紀彦）　大衆新社　昭和三十一年
『恋と詩を求めて』　麻生良方　根っこ文庫太陽社　昭和四十一年
『あゝ市ヶ谷台―陸軍士官学校の栄光と悲劇』　菊村到　双葉社　昭和四十六年
『斬』　綱淵謙錠　河出書房新社　昭和四十七年
『創意の人―小説川端康成』　山口瞳　「新潮臨時増刊　川端康成読本」昭和四十七年
『悪夢の骨牌』　中井英夫　平凡社　昭和四十八年
『小説川端康成』　沢野久雄　中央公論社　昭和四十九年
『横しぐれ』　丸谷才一　講談社　昭和五十年
『新しい人よ眼ざめよ』　大江健三郎　講談社　昭和五十八年
『夢の始末書』　村松友視　角川書店　昭和五十九年
『口笛の歌が聴こえる』　嵐山光三郎　新潮社　昭和六十年
『女形一代―七世瀬川菊之丞伝』　円地文子　講談社　昭和六十一年
『壁の中』　後藤明生　中央公論社　昭和六十一年
『振り返れば、風』　森詠　中央公論社　昭和六十一年
『銀座ラプソディ』　樋口修吉　話の特集　昭和六十二年
『愛と幻想のファシズム』　村上龍　昭和六十二年　講談社
『姉妹の朝』　安藤武（『沈黙の戦争』青磁社）　平成三年
『ある行為者の回想』　石原慎太郎　「新潮」平成四年一月号（『遭難者』新潮社）

『天皇ごっこ』　見沢知廉　第三書館　平成七年
『肉体の天使』　石原慎太郎　新潮社　平成八年
『激しい夢』　村松友視　読売新聞社　平成九年
『ザ・ラストワルツ』　山口洋子　双葉社　平成九年
『時の乳房』　池田満寿夫　角川書店　平成九年
『グランド・バンクスの幻影』　アーサー・C・クラーク／山高昭訳　早川書房　平成九年
『瑠璃色の石』　津村節子　新潮社　平成十一年
『チューリップ』　井戸賢生　朱鳥社　平成十一年
『烈士と呼ばれる男―森田必勝の物語』　中村彰彦　文藝春秋　平成十二年
『阿修羅―三十年後の三島事件』　井戸賢生　鳥影社　平成十三年
『文壇』　野坂昭如　文藝春秋　平成十四年
『嫌われ松子の一生』　山田宗樹　幻冬社　平成十五年
『渇望の人生』　アメリー・ノートン（ベルギー）　二〇〇四年
『はるか青春』　森詠　創美社　平成十九年
『一〇〇〇の小説とバックベアード』　佐藤友哉　新潮社　平成十九年
『ある鰐の手記』　邱妙津／垂水千恵訳　作品社　平成二十年
『桃仙人―小説深沢七郎』　嵐山光三郎　講談社　平成二十年
『金閣異聞』　衣斐弘行　葦工房　平成二十二年

『さすらいの舞姫』　西木正明　光文社　平成二十二年
『雲の都』　加賀乙彦　新潮社　平成二十四年
『夢十夜』　宇能鴻一郎　廣済堂出版　平成二十六年

⑥　三島文学へのオマージュ

『指の戯れ』　山田詠美　河出書房新社　昭和六十一年
『薔薇の葬儀』　アンドレ・ピエール・ド・マンディアルグ／田中義廣訳　白水社　平成六年
『刃の下』　アンドレ・ピエール・ド・マンディアルグ／露崎俊和訳　白水社　平成八年
『欲望』　小池真理子　新潮社　平成九年
『狂王の庭』　小池真理子　角川書店　平成十四年

⑦　その他

『楡家の人びと』　北杜夫　新潮社　昭和三十九年（三島の伯父・橋健行が登場）
『切腹願望』　宇能鴻一郎　徳間書店　昭和四十五年（丸山明宏をモデルにして切腹願望を分析）
『藤原定家─火宅玲瓏』　塚本邦雄　昭和四十八年（『藤原定家』の執筆という三島の遺志を継承）
『神々の乱心』　松本清張　文藝春秋　平成九年（三島の祖父・平岡定太郎に言及）

〔注記〕野坂昭如の『赫奕たる逆光―私説・三島由紀夫』、筒井康隆の『ダンヌンツィオに夢中』、石原慎太郎の『三島由紀夫の日蝕』は作家による三島論、森茉莉の『降誕祭パアティー』やクリストファー・ロスの『三島の剣』等はエッセイと判断して、一覧から除外した。

なお、評論家の仲俣暁生氏、福島大学准教授の高橋由貴氏、比治山大学准教授の九内悠水子氏から有益な御教示をいただいた。

第七章　三島由紀夫と刺青
――肉体に咲く花

一　刺青と文学

金子光晴は、知る人ぞ知る〝刺青のある詩人〟であった。刺青は愛する女の名前で、江森陽弘によると、両肩に「えい　いのち」「れいこ」と彫られていたという[1]。

三島由紀夫の遠戚にあたる永井荷風についても、彼の死後、不思議な刺青が確認されており、こちらは有名な話だという。『断腸亭日乗』の昭和十五年三月十二日に「富松といひしげい者と深間になり互に命といふ字を腕にほり」とあるが[2]、小島政二郎によると、荷風の腕には「こう、命」と彫られていたという[3]。

三島についても、自決の直前、自らの肉体に刺青を彫ろうとしたが果たせず、代わりに絵具で刺青の図柄を描いて写真撮影をした、というような話がある。

たとえば『日本刺青芸術・彫芳』に収録された一文には、次のような記述がある。

彼の心の底には、常に刺青に対する願望があったと思われます。それ故、あの白昼、市ケ谷自衛隊で劇的な割腹を遂げる数日前に、映画撮影の時のように、絵具で刺青をかいて

貰い、その刺青姿をわざわざ記念写真にとったと云われます。（鴨川司郎「刺青と文学」）(4)

この話には、なんら根拠が示されてはおらず、クィア界の風評の類いを記したものであろう。しかし、確かに三島には、〃切腹願望〃とともに、〃刺青願望〃があったと考えられる。三島と親しかった澁澤龍彦は、彼が直接耳にした「刺青をしたい」という三島の告白を書き残している。

氏はかつて私に向って、「イレズミをしたいんだがね。でもプールへ行けなくなるし、なにしろ子供が学習院にいるんで……はっはっは」と告白されたことさえある。（澁澤龍彦「三島由紀夫氏を悼む」）(5)

最後は笑いに紛らわせていることから、三島一流のジョークのようにも思える。しかし三島が刺青に異常な関心を示したことは、紛れもない事実である。

昭和二十四年の初の書下ろし長編小説『仮面の告白』では、大詰めで刺青が登場する。主人公は、初恋の人・園子との最後の逢瀬の場で、刺青を彫った粗野な若者の姿に目を奪われ、情慾に襲われてかたわらの園子の存在すら忘れてしまうのである。実に暗示的な描写ではあるまいか。


のこる一人に私の視線が吸い寄せられた。廿二三の、粗野な、しかし浅黒い整つた顔立ちの若者であつた。彼は半裸の姿で、汗に濡れて薄鼠いろをした晒の腹巻を腹に巻き直してゐた。日に灼けた半裸の肩は油を塗つたやうに輝やいてゐた。腋窩のくびれからはみだした黒い叢が、日差を受けて金いろに縮れて光つた。

これを見たとき、わけてもその引締つた腕にある牡丹の刺青を見たときに、私は情慾に襲われた。熱烈な注視が、この粗野で野蛮な、しかし比ひまれな美しい肉体に定着した。あやしい動悸が私の胸底を走つた。もう彼の姿から目を離すことはできなかつた。

私は園子の存在を忘れてゐた。

(三島由紀夫『仮面の告白』)


また『複雑な彼』は、昭和四十一年に「女性セブン」に連載したエンターテインメントである。周知のように主人公の譲二は、若き日の安部譲二がモデルで、優雅で巨大で、しかも精悍な背中をもつ男として描かれている。大団円で譲二は、実業家の娘・冴子との恋を選ぶか、冒険と戦いの日々を選ぶか、岐路に立たされる。

譲二は、冴子に背中の刺青を見せて女たちの世界を卒業し、アジアを救うために冒険と戦いの日々を選びとる。


突然、純白の幕が切つて落とされたやうに、譲二のワイシャツが大まかに、さつと脱ぎ捨てられた。冴子は息を呑んだ。

その背中いちめんにあらはれてゐるのは、みごとな刺青だつた。絵柄は何といふのか知らないが、両脇には様式的な波が踊り、そこを錦絵風な顔だちの逞しい男が波を切つて泳いでゐて、その男の背にも、昇り竜降り竜の刺青が彫られ、ぎつしりとつまつた波の紋様がその男の下半身を没してゐた。実にみごとな、圧倒的な、いやらしいほど鮮明な朱と青の画像であつた。

冴子は目がくらくらして倒れそうになつた。

（三島由紀夫『複雑な彼』）


さらに戯曲では、『綾の鼓』のヒロイン・華子が「あたくしのお腹には刺青がありますの。三日月の刺青が。その三日月はお酒を飲むと真赤になるの。ふだんは死人のやうに真蒼なの」

と秘密を打ち明け、『黒蜥蜴』の女怪盗は「これをおぼえてゐて頂戴ね。指紋よりたしかなもの。私の紋章。このやさしい二の腕の黒蜥蜴を」と詠う。

昭和二十七年に三島は、「谷崎潤一郎『刺青』について」と題したエッセイを発表している。

「刺青」の美学は、名人気質の意志的な美学ではなくて、女の肌に現実に存在するにいたつた刺青が、名人の美の意志を抹殺する存在となる物語であり、芸術家はこの前に敗北し、拝跪しなければならないのである。そこでは無道徳な力が美の本質となり、現実の形をとつた美の宿命となる。

（三島由紀夫「谷崎潤一郎『刺青』について」）

無論、三島が刺青を鮮やかに描いているので、彼には〝刺青願望〟があったに違いない、などと短絡的なことを主張するつもりはない。

三島や谷崎のみならず、日本文学には、刺青を主題とした作品や刺青が登場する作品は枚挙にいとまがない。

岡本綺堂の『刺青の話』、富田常雄の『刺青』、平林たい子の『地底の歌』、火野葦平の『花と竜』、邦枝完二の『歌麿』、高木彬光の『刺青殺人事件』『羽衣の女』、五木寛之の『青春の門』、宇能鴻一郎の『刺青綺譚』、赤絵漠の『雪華葬刺し』、宮尾登美子の『鬼龍院花子の生涯』、早坂暁の『ダウンタウン・ヒーローズ』、藤沢周の『刺青』、車谷長吉の『赤目四十八瀧心中未遂』など多々ある。

日本文学の〝闇の世界〟を追求した松田修は、「刺青とは、日本的異端美におけるもっとも戦慄的営為にほかならない」と論じた。(6)

二　彫長・中野長四郎

果して三島は、本気で刺青を彫ろうと考えたのであろうか。

ライターの秋山真志によると、三島は自裁の一ヶ月前に彫師のもとを訪れている。昭和六年生れの浅草初代彫長・中野長四郎は、高校教師から彫物の世界に転じた異色の人物である。三島は、この初代彫長に刺青を彫ってくれるよう頼んだが、断られたという。

実は三島は自決の一ヶ月ほど前、中野さんのもとにやってきたそうだ。その少し前に刺青に造詣の深い作家と二人で見学に来たのが初回だったたが、今度は一人で訪ねてきて、「思うところがあって、是非とも私の軀に刺青を彫っていただきたい」と申し出た。それを「作家の気まぐれ」ととった中野さんは断った。三島はその後も何度も電話をかけてきたが、中野さんは応じなかった。そのうち電話は途絶えた。やっと諦めたかと思っていたら、しばらくして、自決のニュース。「意味があっての気持ちだったのか。彫ってやればよかった」中野さんは深い後悔の念に襲われた。三島にとって刺青は、武士が切腹に際して身に付ける白装束と同じ意味があったのだろう、と中野さんは解釈している。

（秋山真志『職業外伝』[7]）

この逸話は、彫純こと松島純子の自伝『実録・女刺青師』にも記されている。同書には、彫長の女弟子・彫純の眼から見た師匠・中野長四郎と三島の遣り取りが綴られている。

流行作家として名の通ったT氏がいる。T氏は《刺青》についての研究もなかなかのもので、刺青を題材としての作品も書いています。そんなこともあって、彫長師匠のところにも出入りしていたのです。このT氏がある日連れてきたのが三島由紀夫先生だったのです。さわやかな秋の陽ざしの中で、T氏と三島先生は、師匠の仕事ぶりを熱心に見学していました。そのときの三島先生は、単なる《勉強》のためというより、何かを求めるような燃える瞳だったのが、いまでも印象に残っています。

その見学した数日後に、三島先生は、今度一人っきりでやってきました。そして師匠相手に《刺青》のすべてともいえる質問を矢のように浴びせ、師匠も彫る手を休めながら、いろいろと答えていました。ところが話題が一段落したところで、三島先生が突然、言いだしたのです。

「思うところがあって、ぜひとも私の体に刺青を彫っていただきたいのですが……」

一瞬、師匠は顔を上げ驚いた表情でした。しかし、何か予期していたかのように答えを返しました。

「先生、気まぐれはおよしなさいヨ。明日になりゃ、気も変わりますヨ……」と。

あとは、三島先生が何といっても首をたてに振らない師匠。三島先生も、さすがにムッとした表情でしたが、その日はそれ以上無理強いせずに帰られました。「明日また正午に電話します」といいおいて……。そして翌日。それも約束どおり正午ぴったりに電話をかけてきたのです。師匠とのやりとりで、三島先生は〈何が何でも彫る時間を作ってくれ〉と言っているようでした。だが、師匠は前日同様、頑固一徹ぶりを発揮しているようで、またも断ってしまったのです。

（松島純子『実録・女刺青師』(8)）

実は「松島純子」とは、中野長四郎の変名である。このことは、後に中野自身が著作『刺青の真実』で明らかにした(9)。

話のアウトラインは、『職業外伝』『実録・女刺青師』ともほぼ同じであるが、後者の「質問を矢のように浴びせ」や「翌日。それも約束どおり正午ぴったりに電話をかけてきた」という記述は、三島の気質や行動様式から見て、まさにその通りであったろうと思われる。彫長が女性に成りすまして書いたことは措いて、信頼性の高い証言といえるのではなかろうか。

三島を彫長の仕事場へ案内した「T氏」とは、『実録・女刺青師』や『刺青の真実』の記述から、推理作家の高木彬光であることがわかる。高木の代表作は、『能面殺人事件』『成吉思汗の秘密』『白昼の死角』である。神津恭介や霧島三郎などの魅力的な探偵キャラを生み出して、一時は松本清張と推理小説界の人気を二分した。

ホリエモンの先駆として戦後社会を騒がせた「光クラブ事件」の山崎晃嗣をモデルとして、三島は『青の時代』を発表し、高木は『白昼の死角』を著した。光クラブや刺青などの共通項をもちながら、二人の関係はこれまでほとんど論じられたことがない。

三島と堂本正樹は、演劇のみならず〝切腹愛好家〟としても親しかったが、三島と高木は

〝刺青愛好家〟として永年にわたり密かな親交があったのであろうか。それとも死を決意した三島が、出版社のルートを通じて高木に急遽接近したのであろうか。今後の研究が待たれる。

三　彫錦・大和田光明

劇作家の飯沢匡は、刺青の世界を覗いて『飯沢匡刺青小説集』を刊行した。同書には、三島が刺青師に刺青の図柄を絵付けしてくれるよう依頼したが時間の調整がつかず、ヤクザ映画のように刺青の図を描くことも時間が切迫していて、いずれも断念したという記述がある。

横浜の刺青師大和田君に電話をかけて来た三島は「カメラマンの篠山紀信から紹介されたが、写真をとるのに私の体に絵付けして欲しい」といったのだ。彼は切腹を決行する前に自分の裸体を、裸体写真の名手、篠山紀信に撮らせておきたかったのであろう。
だが、その彼の最後の快楽の跡をとどめる裸体上には刺青の図はない。大和田君が本業である荷揚作業の仕事が立て混んで、時間が合わなかったからである。親切この上なしの好人物の大和田君は、京都の大映撮影所にいるやくざ映画で刺青の図をスターたちの体の上に描いている名手を推薦したのであったが、これも三島の方の撮影時間が切迫していて、ついに実現しなかったのである。（飯沢匡「サムライと刺青」(10)）

養老孟司に師事した医学博士の齋藤磐根も同じ挿話を書いている。しかし齋藤の捉え方は、飯沢とは若干異なる。彫錦こと大和田光明は、自ら総身彫りをほどこした高名な彫師であったが、平成元年に五十三歳で急逝した。齋藤は生前の彫錦と面識があり、横浜の彼の自宅を訪問して刺青の話を聞いている。

昭和四十五年十一月中旬に、大和田のところに三島由紀夫から電話があったという。十一月二十五日に三島は、市ケ谷の自衛隊にたてこもったあげく割腹自殺している。したがって電話をかけてきたのは、その事件の十日ほど前のことになる。大和田は、三島とは全く面識はなかった。電話で「三島由紀夫ですが」と非常に丁寧に名乗るので、「あの作家の三島由紀夫さんですか」と念をおすと、「そうです」といったそうだ。

三島由紀夫の言によれば、刺青を彫って欲しいということであった。しかも十日ほどで彫れないかと尋ねたという。小さなものはともかく、見栄えのするぐらいのまとまった刺青となると、月単位となり最低一月はかかるだろうと答えた。もう少し早くできないかというので、刺青は、一回に一坪といっておおよそ握り拳大しかできず、それも連続してはできない旨説明した。しかも彫って一週間や十日ぐらいではむしろ色がでず汚いだろうと告げ、それほど急ぐなら刺青風に描く絵師を知っているので、それではどうかと聞いてみたという。テレビの「遠山の金さんの桜吹雪」と同じものである。

しかし三島は突然の電話での問合せを、丁重に詫びて電話を切ったという。三島としては、中途半端なことをしたくなかったのであろう。

写真家の篠山紀信は、三島由紀夫の写真を撮っていたが、その篠山と彫錦は親しかったそうである。（齋藤磐根「三島由紀夫と刺青」[11]）

齋藤の証言によると、時代劇の俳優のように絵師が刺青風に描くものでは、三島が納得しなかったのだ。

一年間にわたり大和田を取材してノンフィクションにまとめた山田一廣も、齋藤とほぼ同じ内容を記している。刺青を急ぐ理由として、三島は次のように語ったという。

「刺青を彫りたいんですが、どのくらい時間がかかるものですか。実は、十日後に刺青を入れた写真を撮ってから旅に出たいものですから」

（山田一廣『刺青師一代　大和田光明とその世界』[12]）

自決を目前にした三島は、どうやら本気で自らの肉体に刺青を彫ろうと考えていたようである。

なお、大和田が三島に紹介しようとした刺青絵師は、歴代遠山の金さんの桜吹雪や、鶴田浩二の一匹竜、高倉健の唐獅子牡丹、藤純子の緋牡丹などを手がけた毛利清二であろうか。[13]

四　篠山紀信の写真集『男の死』

新潮社の『決定版　三島由紀夫全集』は、見事な編纂である。全集第四十二巻の年譜は、精緻を極めており信頼性が高い。同年譜の昭和四十五年十月の項には、日付未詳で「この頃、浅草の刺青師（彫長）に刺青を彫ってくれるように頼むが、断られる」と記載されて、彫長の話は事実と認定されている。

それに加えて、飯沢や齋藤らが記述した横浜の刺青師（彫錦）に対する十一月の依頼についても、事実と認定して差支えないように思われる。

その前提となるのが、彫錦を三島に紹介したとされる篠山紀信の写真集である。昭和四十五年秋、三島は、篠山撮影の写真集『男の死』を企画した。三島と横尾忠則がモデルとなって、それぞれ何種類かの〝男の死〟の形態を表現するというもので、内藤三津子が創業した薔薇十字社から刊行される予定であった。三島の撮影は十一月十七日に終了したが、横尾の入院加療という不測の事態もあり、三島事件によってフィルムは封印された。

篠山は、この間の事情を次のように語っている。

「男の死」というテーマで本を作ろうと、三島さんが言いだした。男にはいろいろな死にざまがある。武士の切腹とか、魚屋のお兄さんが出刃包丁でカッと腹を刺して死んじゃうとか、オートバイでの事故死、戦場でリンチされて死ぬとか……。そういったさまざまな「男の死」を三島さんが考えて、それを自分で演じるんです。

でもぼくは本当のことを言うと、撮っていてさっぱり面白くなかった。映画のスチールみたいなものですから。それを三島さんは一所懸命うちこんで、延々と撮影しているうちに、突然あの事件でしょう……。会えば死の話ばかりして、死装束の写真を撮りながら、まさか本当に死ぬなんて、信じられなかった。そのあたりは巧妙に隠していたんでしょうけれど、何か騙されたような感じでね。ぼくはあくまでもフィクションとして「死」を撮っていたのに、それが実は一種のドキュメンタリーだった――となると写真の意味が全然違ってしまいますから。

ぼくが未だに「男の死」の写真を発表していないのは、そのあたりの気持の整理がついてないからでもあるんです。三島さんは写真集を出版するつもりだったのだし、三島文学の研究ということでも、いつかは公にすべきものでしょう。三島さんは「お前、なんで早く出さないんだ」と怒っているかもしれませんが……。

（篠山紀信「三島さんの思い出」(14)）

実は筆者は、篠山氏とこの話をしたことがある。平成七年に篠山氏の写真集『三島由紀夫の家』(15)が刊行されて、十月二十九日に恵比寿三越で記念イベントが行われた。筆者はその場で、『三島由紀夫の家』の上梓に続いて、『男の死』を公表していただきたい」と強く訴えた。篠山氏の答えは「そうですね。公表できればいいですね。いずれ公表できるかもしれませんね」というものであった。

篠山紀信さんと『男の死』のための三島さんの写真をずっと撮ってきていました。それを出すことに三島さんはものすごく執着していたので、契約書まで交わしたいといわれたのよ。ちょうど亡くなる一週間前に、六本木の寿司屋で早い夕食をご馳走になった。その時に私がタイプした契約書を持っていったのです。そのとき三島さんは、僕は今までこういうふうに出版社に頼んだことはないけれど、必ず出してもらいたいからですといってらした。

（内藤三津子『薔薇十字社』(16)）

内藤三津子によれば、死を前にした三島は『男の死』の刊行に「ものすごく執着していた」のである。写真集『男の死』は、「総合芸術作品としての三島」(17)（イルメラ日地谷＝キルシュネライト）を読み解くための鍵となるものであり、三島の〝形見の品〟でもあって、これを出版することは、いわば三島の〝遺言〟に添うことになる。

三島は、〝死と再生〟による永遠の生命を希求した。

少なくとも「美の不死」を信じた三島が、写真集という形でこの世に自らの姿を遺そうと考えたことは間違いない。

筆者が篠山氏と『男の死』について言葉を交わしてから、二十年の歳月が経過した。三島研究のためにも、三島の鎮魂のためにも、今こそ篠山氏の英断を期待したい。

五　不朽の花

事件の翌日、三島の遺体は解剖にふされた。慶応義塾大学医学部の法医学解剖室で、斉藤銀次郎が執刀した。死因は首切断による出血死。三島の身体には、首に三ヶ所、肩に一ヶ所の傷があり、腹部には臍下四㎝のところに長さ十四㎝の真一文字の傷があった。タトゥーなし。勿論、三島の肉体に刺青は彫られていない。最後に、三島が彫ろうとした刺青の図柄を考えてみたい。熊本保健科学大学副学長の小野友清は、大胆な推理を発表した。

もし、いれずみが三島の皮膚に在ったとしたら、どんな図柄だったか。想像逞しくすると、それは白波五人男の弁天小僧だったかも知れない。弁天小僧ではない。きっと薔薇のいれずみに違いない。

三島が、細江英公に撮影してもらったヌード写真集『薔薇刑』がある。三島の持つ薔薇

「作品32」、あるいは「刺青のサロメ」を思わせる「作品29」などは、私にはいれずみに見えるのである。

（小野友清「三島由紀夫のいれずみ」[18]）

小野は、写真集『薔薇刑』のイメージから薔薇の図柄を想像している。

彼の発想の根底にあるのは、おそらく谷川渥の「薔薇と林檎　三島由紀夫の肉体論」であろう。[19] 確かに小野説には、一定の説得力はある。

三島は、薔薇や菊やカトレアの花を好んだ。わけても薔薇を、しばしば作品に登場させたばかりか、短編小説『薔薇』、戯曲『薔薇と海賊』、細江英公の写真集『薔薇刑』と題名にも使用している。[20] さらにエロティシズムの総合研究誌「血と薔薇」の創刊に深く関わるとともに、薔薇十字社から〝遺作〟として『定本三島由紀夫書誌』と『男の死』を刊行しようと考えた。また「バラの刺青」とは、三島が二十世紀の劇作家のなかで最も高く評価したテネシー・ウィリアムズの代表作のタイトルでもあって、本人と対談した際に、三島はこの作品に言及している。

ただし、小野説には重大な欠陥がある。薔薇の刺青では、日本刀にそぐわないのである。薔薇の刺青をして剣を構えても〝絵〟にならない。あれほど高い美意識をもち、肉体についての思索を重ねた三島が、そんなことを考えるだろうか。

希臘人は美の不死を信じた。かれらは完全な人体の美を石に刻んだ。

（三島由紀夫『アポロの杯』）

希臘人は外面を信じた。それは偉大な思想である。キリスト教が「精神」を発明するまで、人間は「精神」なんぞを必要としないで、矜らしく生きてゐたのである。

（三島由紀夫『アポロの杯』）

苦痛とは、ともすると肉体における意識の唯一の保証であり、意識の唯一の肉体的表現であるかもしれなかつた。筋肉が具はり、力が具はるにつれて、私の裡には、徐々に、積極的な受苦の傾向が芽生え、肉体的苦痛に対する関心が深まつて来てゐた。しかしどうかこれを、想像力の作用だとは考へないでもらひたい。私はそれを肉体を以て直に、太陽と鉄から学んだのである。

（三島由紀夫『太陽と鉄』）

自意識が発見する滑稽さを粉砕するには、肉体の説得力があれば十分なのだ。すぐれた肉体には悲壮なものはあるが、みぢんも滑稽なものはないからである。しかし肉体を終局的に滑稽さから救ふものこそ、健全強壮な肉体における死の要素であり、肉体の気品はそれによつて支へられねばならなかつた。闘牛士のあの華美な、優雅な衣裳は、もしその職業が死と一切関はりがないものであつたら、どんなに滑稽に見えることであらう。

（三島由紀夫『太陽と鉄』）

「武」とは花と散ることであり、「文」とは不朽の花を育てることだ。そして不朽の花とはすなはち造花である。

かくて「文武両道」とは、散る花と散らぬ花を兼ねることであり、人間性の最も相反する二つの欲求、およびその欲求の実現の二つの夢を、一身に兼ねることであつた。

（三島由紀夫『太陽と鉄』）

〝普通の男〟の肌に彫られた刺青が滑稽であることを、三島は百も承知していた。充溢した筋肉の所有者のうち、死を強く意識した者の肉体を彩る刺青だけが滑稽さをまぬがれる。たとえば東映映画『昭和残侠伝』の終幕で、敢然と死地におもむく花田秀次郎の背中の刺青のように……。

三島にとっての刺青は、武士の死装束であり、闘牛士の華美で優雅な衣裳に相当するものと思われる。『魏志倭人伝』の記述「男子無大小、皆黥面文身」[21]を持ち出すまでもなく、三島は、「刺青」と「褌（ふんどし）」と「日本刀」は、日本人の発明になる、日本固有の文化と考えていた。「刺青」が日本特有の美の表現であることは間違いない[22]。

「文武両道」を実践して、「花と散ること」――死を覚悟した三島は、「不朽の花を育てること」――自らの肉体に刺青という「造花」を咲かせたかったに違いない。

刺青を肌に彫りこむ作業には、大変な「苦痛」をともなうと聞く。そして「受苦」の極みとは切腹であろう。

昭和四十五年十一月二十五日、三島自決の日。

コロナで市ヶ谷に向かう三島と「楯の会」の一行は、首都高速を外苑口で降りて、神宮外苑内を一周し、時間が早いのでさらに一周する。

「東映のヤクザ映画とは雰囲気が違うな。これがヤクザ映画なら、ここで義理と人情の唐獅子牡丹といった音楽がかかるのだが、俺たちは意外に明るいな」

三島が、高倉健の『唐獅子牡丹』を歌い、「楯の会」の会員がこれに唱和した。[23]

一般に三島は〝鶴田浩二贔屓〟として知られているが、実は〝隠れ高倉健ファン〟で、『昭和残侠伝』シリーズをよく観ていた。そしてこのことは、親しい編集者の椎根和や「楯の会」の会員たちにはそっと打ち明けていた。[24]

「我慢に耐えかねて、高倉健が最後の殴り込みに乗り出すところがなんとも言えないな」[25]

　義理と人情を　秤にかけりゃ　義理が重たい　男の世界　幼なじみの　観音様にゃ　俺の心は　お見通し　背中で吠えてる　唐獅子牡丹

（水城一狼・矢野亮「唐獅子牡丹」）

三島が思い描いた刺青の図柄は、人生最後の歌のとおり「背中で吠えてる　唐獅子牡丹」ではあるまいか。

【参考文献】

（1）『金子光晴のラブレター』江森陽弘　昭和五十六年　ペップ出版
（2）『断腸亭日乗』永井荷風　昭和五十五年　岩波書店

（3）『小説永井荷風』小島政二郎　平成十九年　鳥影社
（4）『日本刺青芸術・彫芳』高木彬光・福士勝成／日本刺青研究所　昭和五十八年　人間の科学社
（5）『三島由紀夫おぼえがき』澁澤龍彦　昭和五十八年　立風書房
（6）『刺青・性・死』松田修　昭和四十七年　平凡社
（7）『職業外伝』秋山真志　平成十七年　ぽぷら社
（8）『実録・女刺青師』松島純子　昭和五十三年　日本文芸社
（9）『刺青の真実』中野長四郎　平成十四年　彩流社
（10）『飯沢匡刺青小説集』飯沢匡　昭和四十七年　立風書房
（11）『漱石の脳』齋藤磐根　平成七年　弘文堂
（12）『刺青師一代　大和田光明とその世界』山田一廣　平成元年　神奈川新聞社
（13）『刺青絵師』毛利清二　平成十年　古川書房
（14）「三島さんの思い出」篠山紀信（「芸術新潮」平成七年十一月）
（15）『三島由紀夫の家』篠山紀信　平成七年　美術出版社
（16）『薔薇十字社とその軌跡』内藤三津子　平成二十五年　論創社
（17）『三島由紀夫の知的ルーツと国際インパクト』イルメラ日地谷＝キルシュネライト　平成二十二年　昭和堂
（18）「三島由紀夫のいれずみ」小野友清（「大塚薬報」平成十九年一月十五日　大塚製薬工場大塚薬報編集部）

(19)『文学の皮膚』谷川渥　平成九年　白水社
(20)『薔薇刑』細江英公　昭和五十九年　集英社
(21)『魏志倭人伝・後漢書倭伝・宋書倭国伝・隋書倭国伝』石原道博訳　昭和六十年　岩波書店
(22)『刺青とヌードの美術史』宮下規久朗　平成二十年　日本放送出版協会
(23)『三島由紀夫の最期』松本徹　平成十二年　文藝春秋
(24)『オーラな人々』椎根和　平成二十年　河出書房新社
(25)『君たちには分からない　楯の会で見た三島由紀夫』村上建夫　平成二十二年　新潮社

第八章　三島由紀夫と蛇神

――不老不死の希求

一　絶対の愛

『癩王のテラス』は、三島由紀夫にとって最後の新劇の戯曲である。「海」昭和四十四年七月号に掲載され、同じ月に劇団雲・劇団浪漫劇場によって帝国劇場において公演が行われた。三島が自裁する前年のことである。当然そこには、死を前にした三島の人生観や芸術観が色濃く盛られて、後世に向けた三島のメッセージが託されているように思われる。

事実、晩年の三島は、翻訳された自分の作品と三島の裸体像『恒』と『癩王のテラス』のステージモデルを自宅三階のサンルームの壁龕に並べて、友人たちに「僕の生涯の総計がこれだ」と語ったという(1)。

『癩王のテラス』は、異色の作品である。

舞台は十二世紀末のカンボジヤで、主人公はジャヤ・ヴァルマン七世王という聞き慣れない名前である。敬虔な仏教徒であるとともに、勇猛な戦士でもある美貌の王は、蛇神（ナーガ）への「絶対の愛」に心をとらわれていた。占城（チャンパ）王国を征服し凱旋した王は、壮麗な寺院の建立を命じる。しかしその日、王の腕に赤い支那薔薇の花びらのような痣があらわれる。

一年後、癩を病んだ王は、大伽藍の完成だけを望みとしていた。第一王妃は、蛇神（ナーガ）から王の愛を奪うために焰のなかに身を投じる。翌年、癩は王の目をも蝕み、王太后は王のもとを去る。さらに一年後、バイヨン寺院がついに完成する。王は、最後までつき従った第二王妃を去らせて、バイヨンとただ一人対面するのであった。

『癩王のテラス』の主題は、「絶対の探求」である。

「絶対の愛」としての蛇神（ナーガ）の娘、「絶対の信仰」としてのバイヨン。この二つだけが、王にとっては必要だった。三島は自作解説で、「絶対の信仰」としてのバイヨンが、芸術家の人生における芸術作品の比喩であることを明らかにしている。

一方、三島が自らを託したジャヤ・ヴァルマン七世——癩王が「絶対の愛」を捧げた蛇神（ナーガ）とは、いったい何であるのか。三島にとって、蛇神（ナーガ）とは、いったい何を意味するものなのか。それらを、遺作『豊饒の海』などとも関連づけながら探ってみたい。

二　蛇神（ナーガ）伝説

クメール族と蛇神（ナーガ）、両者の関係は深い。

『癩王のテラス』では、第一幕第二場において、王の寵愛を競う第一王妃と第二王妃との間で、蛇神（ナーガ）の来歴が語られる。

遥か昔、印度の王子カウンディンヤが、カンボジヤに渡来して浜辺を歩むうちに、月の潮から現われた美しい娘に心を奪われ、それを蛇神の娘ナーギーと知りつつ契りを結んだ。これによって、クメール族の「月」の王朝、夜ごとにのぼる顕かな月の静けさ、荘厳さ、清らかさ、慈悲、そして憂鬱、……あらゆる高貴な気質をそなえた王朝が栄えた。

この都を侵した蛮族も、おそれて近づかなかったあの塔の頂きの部屋。あそこへは王様しか入れません。あの闇のなかで、目には見えない蛇神（ナーギー）と、王様がどうやって契りを結ばれるのか、誰も知りはしません。

（三島由紀夫『癩王のテラス』）

三島は、奇怪な蛇神（ナーガ）伝説を、どこから知り得たのであろうか。『癩王のテラス』第三幕第一場のト書きには、「グイ・ポレ、エヴリーヌ・マスペロ共著、大岩誠、浅見篤共訳、『カンボジア民俗誌』の記述をそのまま借用する」とあり、三島が、同書を主要な参考文献にしたことは間違いない。

また三島は、「批評」同人・宗谷真爾の『アンコール文明論』の書評を発表しており、宗谷の記述を参照したことも確かであろう。さらに戯曲の細部に目を配ると、三島は、十四世紀に元の周達観が著した『真臘風土記』を読んでいたものと思われる。

王が浜辺にさしかかると、潮が砂洲に及んでゐた。仕様ことなく夜になってそのあたりを通りかかると、若いナーギーが波間から現れ、王に寄りそった。その美しさに魅せられた王はナーギーと契りを結んだ。かうして久しくこの国を治めた強大な王国が誕生した。「月」朝のアンコール王朝の発祥も亦是と同じ伝説を持つ。

クメール族の王が夜中に出かけて塔のなかで蛇と契りを結んだといふ

（大岩誠、浅見篤訳『カンボヂァ民俗誌』[2]）

ヤソヴァルマン即ち癩王は、森のなかで蛇を殺したとき、生き血を浴びたことが斑紋癩の病因となり、またピメアナカ宮殿には、不老不死の蛇姫ナーギーがいて、毎夜の伽を代々の王に命じ、一日たりとも欠かすときは禍をもたらしたという伝説があり、たしかにアンコールは、その名が示すとおり蛇神とともに栄え、かつ滅亡していったのである。

やがてアンコール一帯にレプラが蔓延し、アンコール文明の頂点に立ったジャヤヴァルマン七世も、一説によればレプラだったという。

（宗谷真爾『アンコール文明論』[3]）

宮殿の金塔には、国王が夜になるとその下に臥す。塔の中に九頭の蛇の精霊がいて、これこそ一国の土地の主である。女の姿になって、毎日夜になるとあらわれる。国王はそこでまずこれと同寝して交わり、たといその妻であってもまた決して中に入らない。

（周達観『真臘風土記』[4]）

三島は、昭和四十年にカンボジヤを訪れた。

プノンペンの空港では、文化人類学者の青木保と偶然にゆきあい、「三日くらいいたのかな。そしたら毎日どこかで会う[5]」ことになったという。現地で三島は、アンコール・ワットやアンコール・トムを探訪した。

『癩王のテラス』には、カンボジヤ取材の成果が生かされるとともに、蛇神（ナーガ）伝説をはじめ、『カンボヂア民俗誌』や『真臘風土記』に拠った地誌や民俗が丁寧に書き込まれている。

棕櫚、砂糖椰子、ココ椰子、野生のバナナ、マンゴー等の生いしげる森。囮の雌を使った魚狗の捕獲。独木舟。象に乗った行軍。月の礼拝。火王の剣。占星術師と祈禱師。踊り子。魚狗の羽根、象牙、犀の角、蜜蝋、樹脂、雌黄、鼈甲などの物産。

三島の小説は、壮大な虚構の物語を展開するため、細部のリアリティを重視するが、『癩王のテラス』においても同様である。

一方で三島は奔放な想像力を駆使して、史実を大胆に改変した。

『真臘風土記』によると、国主は五人の妻を持つ。表御殿に一人、四方に四人である。側女のたぐいは、三千人から五千人に及んだという。しかし作劇上の制約もあって、三島はこれを第一王妃と第二王妃の二人に集約した。第一王妃のインドラデーヴィを華やかで嫉妬深い女、第二王妃のラージェンドラデーヴィを清らかで誠実な女として造形している。

史実では、ジャヤ・ヴァルマン七世の第一王妃と第二王妃は姉妹である。第一王妃は、ジャヤラージャデーヴィーであった。彼女は、チャンパ遠征による王の不在で、深い悲しみにくれた。王宮遺跡の碑文には、涙に濡れてシータ（『ラーマーヤナ』(6)の主人公ラーマの妃）のように夫の帰りを祈請し、果ては仏教に救いを見出したことが記されている。「欣求スベキ最愛ノモノハ仏陀ト観ジ、ヤサシキ尊者ノミチビキニ従イ、責苦ノ業火ト苦悩ノ海ノアイダヲ渡ル」。

この第一王妃は早逝して、王は姉のインドラデーヴィーを娶って第二王妃とする。彼女は哲学に精通して、「学ヲ喜ビトスル子女ニハ知識ノ態ニテ甘露ノゴトク王ノ慈悲ヲ広メタリ」。第二王妃は、王宮遺跡の碑文を完璧なサンスクリットで書き残した。(7)

また『癩王のテラス』で、王太后のチューダーマニは、宰相と通じて癩王を亡き者にしようとして失敗し、支那の大官・劉萬福夫妻とともに南宋へと旅立つ。しかしジャヤ・ヴァルマン七世は、一一八六年に母の供養のため菩提寺タ・プロームを建立しており、十三世紀初頭にバイヨン寺院が完成したとき、王太后はこの世に存在していない。国王暗殺計画はもとより、南宋への出立など、すべて三島の創作である。

三　蛇神（ナーガ）と乳海攪拌

宮殿の金塔における王と蛇神（ナーガ）との奇怪な同衾。異類婚姻譚であり、神と王との交歓でもある蛇神（ナーガ）伝説は、三島の創作意欲をいたく刺激したと思われる。

来たな。恥かしがらんでよい。いとしいナーガよ。私のいつも若い花嫁よ。ここへ上がってこい。……美しい、滑らかな、かがやく緑の、大海の潮から生まれたおまへ。その潮で私を巻いてくれ。……おまえこそは慰めだ。この世でただ一人の女、私と共にゐることだけで喜びに打ち慄へる女だ。……ナーガよ。そんなに焔の舌で私の身を灼くな。おお、ナーガよ。そんなに喜びで咽喉を鳴らすな。……いとしい、清らかな、やさしいナーガよ。冷たい緑の鱗の波で私を巻き、今夜も無限の沖へ、悲しみも怒りも、苦しみも憂ひもない、大海原の果ての国へまで連れて行ってくれ。

（三島由紀夫『癩王のテラス』）

カンボジヤ人は、「ネアック・スラエ」（稲田の民）である。(8)古来より彼らは、稲作に関わる神々を崇めたが、村を守る精霊の一つが蛇神（ナーガ）であった。ナーガは、「龍」と漢訳されるが、本来はコブラを指し、超自然的な力を持っていて雨、雲、雹を司る神である。

北インドのマトゥラ地方には、四世紀から六世紀にかけてのグプタ美術の蛇神（ナーガ）の彫刻が残されている。カンボジヤ南部のプノンダ美術様式は、このグプタ美術がカンボジヤ版に翻案された可能性があるという。アンコール朝がとりいれた神王信仰は、ヒンドゥー教に土着の守護精霊を巻き込んだもので、本来的にはカンボジヤの原文化であり、土着の祭儀に近いものであった(9)。

アンコール遺跡は、蛇神(ナーガ)の姿に満ちている。

三島が描いたバイヨンは、アンコール・トム都城の中央に位置する。アンコール・トムの城門前の環濠に架けられた橋には、蛇の胴体を綱にして乳海を攪拌している五十四体のデーヴァとアスラの立像が立ち並んでいる。

中央の山―大陸であるバイヨンは、二重の濠によって代表される宇宙の大海によって堂々と取り囲まれることになった。濠は軸となる壇上の参道によってつながれ、よく知られたその手すりはヴィシュヌ神の化身がナーガを引っぱっている様をかたどっている。これは乳海攪拌のなかに都市全体が巻き込まれてゆく様をあらわしている。

(スメート・ジュムサイ『水の神ナーガ』(10))

アンコール・ワットの回廊には、乳海攪拌の場面がより具体的に彫られている。デーヴァとアスラが不老不死の甘露を得るため、大亀クールマに大蛇ヴァースキを巻きつけて互いに引っ張りあって乳海を攪拌し、海中から太陽、月、吉祥天、宝珠が出てきて、最後に甘露が現われる。デーヴァとアスラは甘露を奪い合い、畢竟、デーヴァの手に帰する。これは、ヒンドゥー神話をカンボジア版に脚色したものである。

さらにアンコール遺跡では、七つ頭の蛇神（ナーガ）に守護された仏陀の像がいくつも見られる。

『豊饒の海』の執筆に当って三島は、マッソン・ウルセル、ルイーズ・モランの『インドの神話』(11)を参考文献としている。同書には、ヒンドゥー教の天地創造神話として乳海攪拌の話が紹介されており、蛇神（ナーガ）は、三島にとって馴染のある存在であった。

……おまへは同情も知らぬ。嫉妬も知らぬ。ただ愛、ただやはらかな海の無量の愛で、私を癒す。……ナーガよ。こんな私が、どうしてそれほどにもお前にとつては慰めなのか。……ナーガよ。……そんなに牧の笛のやうに、舌を高鳴らせて喘がぬがいい。なぜそれほどに喜びに溺れる？　ナーガよ。私が怖くないのか。忌はしくはないのか。いつまでも乙女のしなやかな頸筋を光らすナーガよ。私の久遠の花嫁。……やさしい、やさしい、やさしいナーガよ。

（三島由紀夫『癩王のテラス』）

蛇は、グロテスクな姿態で性情は狡猾、毒をもつ種類も多く、ときに人を襲うこともあって、一般に気味の悪い、怖ろしい生き物と見られている。わが国の近代文学においても、泉鏡花の『蛇くひ』や森鷗外の『蛇』、伊藤整の『生物祭』などで、蛇は気味の悪い怖ろしい生き物として扱われている。

ところが三島は、『癩王のテラス』の蛇神（ナーガ）を官能的で愛らしいものとして、色鮮やかな筆致で描いた。

四　サドの蛇と道成寺の蛇

三島の蛇イメージは、際だって特異なものなのであろうか。

昭和四十年に発表された『サド侯爵夫人』。この古典的な劇は、サドをめぐる六人の女たちの対話によって、惑星の運行のように交錯しつつ廻転する。

華麗な修辞に彩られた台詞のなかで、双頭の鷲、蝮、白百合、赤葡萄酒、白兎、音楽、薔薇、赤い月などのメタファーが効果を発揮している。わけても印象深いのが、薔薇と蛇である。

あなた方は薔薇を見れば美しいと仰言り、蛇を見れば気味がわるいと仰言る。あなた方は御存知ないんです、薔薇と蛇が親しい友達で、夜になればお互ひに姿を変へ、蛇が頬を赤らめ、薔薇が鱗を光らす世界を。

（三島由紀夫『サド侯爵夫人』）

ここでは、薔薇は「神聖」を象徴する美しいものとして、蛇は「汚辱」を象徴する気味の悪いものとして描かれている。しかし三島の世界には、薔薇と蛇――「神聖」と「汚辱」がやすやすとお互いに姿を変えるそんな夜が存在するのだ。

姿を変える話は、謡曲にも認められる。男に棄てられた恋の恨みによって、女が蛇体に変貌する『道成寺』。女の妄執が鐘をも溶かす怖ろしいドラマである。

さるほどにかの女は、日高川のほとりを上下へ歩きしが、折節日高川の水増さつて越すべきやうもなかりしが、一念の毒蛇となつて、日高川を易々と泳ぎ渡りこの寺に来り、ここかしこを尋ね歩きしが、鐘の下りたるところを不審に思ひ、尾にて叩けば鐘すなわち湯となり、山伏も即座に失せぬ、なんぼうおそろしき物語にて候ふぞ。

（『道成寺』[12]）

『道成寺』は、三島が最も好んだ謡曲である。三島は「一つの演劇芸術として、私はこんなにもみごとに構成的かつ独創的な作品を数多く知らない」(『道成寺』私見」)と高く評価した。能楽堂で『道成寺』の長い乱拍子を見るたびに、この苦難にみちた件りが永遠に続いてくれないかという願望に責められたという。

明治の末に謡曲『道成寺』を翻案したのが、郡虎彦であった。郡は、『鉄輪』や『義朝記』などの秀作を発表して三十代の若さで病死した文学者であるが、三島はことあるごとに彼の作品を賞揚してやまなかった。郡の『道成寺』には、三人の鬼女に分れた悪蛇が登場する。

三人とも小さな眼に眉毛もなく、川魚の肌のやうな蒼白い顔色に、口だけがまだ濡れて居る血のやうに赤く光つて、左の肩から丈にあまる黒髪を地にしいて居りました。

(郡虎彦『道成寺』[13])

郡は、まるで夢魔のような『道成寺』の世界を描いた。霧のなかから、女人の髪の毛が笹の葉を擦るような怪しい物の音が聴こえてくる。やがて寺に現われた三人の鬼女は、全く同じ形相で並びつく這い、長い黒髪が石段の上に流れて横たわる。

三島は、この郡の戯曲に触発された。

『近代能楽集』は、郡の『道成寺』や『鉄輪』にヒントを得て、幼児から親しんだ能楽の現代化を志したものである。昭和三十一年版の『近代能楽集』には、「邯鄲」「綾の鼓」「卒塔婆小町」「葵上」「班女」が収められ、後に「道成寺」「熊野」「弱法師」が加えられた。

あの人はこの私から逃げたかつたのにちがひないわ。……ねえ、どうしてでせう。この私から、こんな可愛らしいきれいな顔から。……あの人は自分の美しさだけで、美しさといふものに飽いてゐたのかもしれないわね。

（三島由紀夫『道成寺』）

用もない男の心を惹く私の顔なぞは、自分でこの皮を引き剝いてしまひたい。今では私のたつた一つの夢、たつた一つの空想はかうなんです。ともするとあの人は、私が二目と見られない醜い怖ろしい顔に変貌すれば、そんな私をなら愛してくれたかもしれないと。

（三島由紀夫『道成寺』）

原曲とは異なり三島の『道成寺』では、女が蛇体に変ずることもなければ、二目と見られない醜い怖ろしい顔に変貌することもない。女は、鐘ならぬ巨大な衣装箪笥のなかから、以前と変わらぬ美しい顔形のまま出てくる。そして女は、手提から棒紅をとりだして、唇を赤く塗り「風のごとく」去ってゆく。あたかも自然のなかで再生した蛇が、紅い舌を閃かせて獲物に襲いかかるかのように。(14)

五　暁の寺の蛇

蛇信仰とは、いったい何を意味しているのか。

日本の古い社の祭神の起源・原像を探ると、伊勢神宮、賀茂、稲荷、諏訪などの大社をはじめ、ほとんどの場合そのゆきつく先にあるものは、祖霊としての蛇神である。

蛇信仰は、一説によればエジプトを起源として世界各地に及び、東はインド、極東、太平洋諸島を経てアメリカに達したといわれ、西はアフリカ、ギリシアから、ヨーロッパに至ったとされる。この伝播の道程のなかに日本列島も含まれていることから、わが国で蛇信仰が顕著なのは当然のことである。(15)

民俗学の吉野裕子によると、蛇が祖霊・祖先神として信仰された根源的、かつ基本的な要因は、次の三つに帰せられるという。

〔一〕外形が男根相似（生命の源としての種の保持者）
〔二〕脱皮による生命の更新（永遠の生命体）
〔三〕一撃にして敵を倒す毒の強さ（無敵の強さ）

男性美に強く憧れ、永遠の生命を願い、武道の錬成によって無敵の強さを求めた三島は、祖霊としての蛇に着目した。

その契機となったのは、八俣遠呂智をはじめ蛇が登場する記紀ではあるまいか。三島は、倭建命を主人公とする『青垣山の物語』や、衣通姫の恋愛譚『軽王子と衣通姫』の創作に取り組むなど、少年期から記紀に親しんでいた。ライフワークとなった『豊饒の海』と、最後の二年に発表した『日本文学小史』を執筆するに当たり、三島が記紀を読み返したことは確かなように思われる。

『豊饒の海』の第三巻『暁の寺』では、蛇が象徴的に描かれている。

本多繁邦は、戦時中に松枝侯爵邸の焼跡で、綾倉家の老女・蓼科と再会する。本多が傾けてやった卵のお礼として、蓼科から和綴の「大金色孔雀明王経」を手渡された。もともと孔雀明王経は、蛇毒を防ぎ、あるいは蛇に咬まれても忽ちこれを癒やす呪文を、仏陀が説いたということになっている。金色の孔雀に乗った明王の背後には、南国の蒼穹が揺曳していた。

眠られぬ一夜、本多は本棚の片隅に埃のつもるままに放置っておいたあの「大金色孔雀明王経」をとりだして見ることがあつた。

孔雀成就を意味するといふ、

「摩諭羅吉羅帝莎訶」

の真言を口吟んでみたりした。

本多がしたその孔雀明王の話に、慶子は甚だ興味を示した。

「蛇に咬まれたとき利くんですつて？　それは是非教へていただきたいわ。御殿場の家の庭にはよく蛇が出るんですもの」

（三島由紀夫『暁の寺』）

本多は弁護士として成功して、御殿場に広壮な別荘を建築した。庭の一画にはプールを設けて、片思いのジン・ジャンほか何人かの友人をプールびらきに招く。

さうだ。きのふは涼亭のそばで蛇を殺した。二尺ほどの縞蛇だつたが、けふの客をおびやかすやうな事態を防ぐために、石でその頭を打つて殺した。この小さな殺戮が、きのふは終日、本多を充実させてゐた。心の中に、青黒い鋼の発条が、死に逆らふ蛇ののたうちまはる油照りする体の残像として形づくられた。自分にも何かが殺せた、と感じることが暗鬱な活力を養つた。

そして、プール。又しても本多は手をさしのべて、水面をかきまはした。

（三島由紀夫『暁の寺』）

次第次第に外壁を失つてゆく家は、燃えてゐる巨きな鳥籠のやうに見えた。あらゆる隙間から焔の襤褸がはみ出し、ひらめいてゐた。家は息づいてゐた。

外へあらはれた火が、蛇のやうにすばやく馳せのぼつて煙の中へ身を隠すさま、黒い密集した煙から、突然、糜爛した焔の顔があらはれるさま、……すべては迅速無頼の働らきによつて、火が火と手を携へ、煙が煙と結んで、一つの頂点へのぼりつめようとしてゐた。プールには、燃えてゐる逆様の家が焔の錨を深々と落し、その奥にのぞく焔の先端の暁闇の空は透徹してゐた。

（三島由紀夫『暁の寺』）

ほかに落着くところとてなかつたので、皆はおのづから涼亭に集まつた。そこで出た話は、ジン・ジャンがたどたどしく、さつき火をのがれてここへ来たとき、芝生から一匹の蛇があらはれて、その茶色の鱗に遠い火の照りを油のやうに泛ばせながら、非常な速さで逃げて行つた、と語つたことである。話をきけば、わけても女たちには一入冷気が肌にしみた。

（三島由紀夫『暁の寺』）

本多が蛇を殺した祟りであろうか、彼の別荘は失火によって全焼する。プールに満満と湛えられた水は、全く消火の役にはたたなかった。焼け跡からは、黒焦げになった泊り客の亡骸二体が見つかった。

本多が恋に狂い、その裸を見たいばかりにプールまで掘らせたジン・ジャン。南国の熟れた果実のような肉体をもった彼女は、タイに帰国して突然死する。奇怪な死であった。

ジン・ジャンの最期は、『日本書紀』に記された三輪山伝承に通じる。

倭迹迹日百襲姫命、大物主神の妻と為る。

倭迹迹姫命、心の裏に密に異ぶ。明くるを待ちて櫛笥を見れば、遂に美麗しき小蛇有り。其の長さ大さ衣紐の如し。則ち驚きて叫啼ぶ。時に大神恥ぢて、忽に人の形と化りたまふ。

其の妻に謂りて曰はく。「汝、忍びずして吾に羞せつ。吾還りて汝に羞せむ」とのたまふ。仍りて大虚を践みて、御諸山に登ります。爰に倭迹迹姫命仰ぎ見て、悔いて急居。則ち箸に陰を撞きて薨りましぬ。（『日本書紀』(16)）

倭迹迹日百襲姫命の死の状況は、「箸に陰を撞きて」という異常なものであった。このことは重視されるべきである。吉野裕子は、「箸は蛇を象るものとされていたから、箸で陰をついたということは、蛇巫は現実に蛇と交合する真似事をした、という事実の暗喩とも受け取られる」と論じている。原始蛇信仰神事の現場には、現代では考えられないような残酷な所業も当然あったはずで、その際に〝事故〟によって巫女が死亡することもままあったに相違ない。

侍女の話では、ジン・ジャンは一人で庭へ出てゐた。真紅に煙る花をつけた鳳凰木の樹下にゐた。誰も庭にはゐなかつた筈なのに、そのあたりから、ジン・ジャンの笑ふ声がきこえた。遠くこれを聴いた侍女は、姫が一人で笑つてゐるのををかしく思つた。それは澄んだ幼らしい笑ひ声で、青い日ざかりの空の下で弾けた。笑ひが止んで、やや間があつて、鋭い悲鳴に変つた。侍女が駈けつけたとき、ジン・ジャンはコブラに腿を咬まれて倒れてゐた。

（三島由紀夫『暁の寺』）

果してジン・ジャンは、一人で庭へ出ていたのであろうか。

いや、ジン・ジャンは、独りではなかった。真紅に煙る花をつけた鳳凰木の樹下で、男神と逢っていた。澄んだ笑い声が、男神との語らいに彩りをそえた。そしてジン・ジャンは、蛇巫としての神事——蛇神（コブラ）との交合の際に〝事故〟によって命を落とした。このように解釈しては、深読みが過ぎるであろうか。

『癩王のテラス』の蛇神（ナーガ）は、女神である。『日本書紀』の大物主神（蛇神）は、男神である。辻褄があわないようにも思える。

周知のとおり蛇は、フロイトによれば陽根の象徴とされている。日本神話における八俣遠呂智は確かに陽根として描かれているが、一方で、竜宮・浦島伝説における龍神の正体は女神である。

蛇のイメージは、実は〝ヘルマフロディトス（男女両性）〟なのである。ガストン・バシュラールは『水と夢』において、白鳥にそれを発見した。白い肌の女体である白鳥が、ミケランジェロの「白鳥」にみられるように、長い頸がリンガ（陽根）となって表現されることもある。[17]蛇神（ナーガ）は、戦いの神として男になり、シヴァ神の妻として女になる。直截にいえば、アンドロギュヌスのような両性具有の神である。

『豊饒の海』は、『奔馬』（三輪山の蛇神）から『暁の寺』（タイのコブラ）へと展開する。そして蛇のイメージが両性具有であることは、『奔馬』の飯沼勲が『暁の寺』のジン・ジャンに転生する『豊饒の海』を、〝壮大なアンドロギュヌスの物語〟として読替えることの可能性を示唆するのではあるまいか。

六　青春こそ不滅

三島は、昭和四十年から四十三年にかけて『太陽と鉄』を発表した。

『太陽と鉄』は、告白と批評の中間形態、いわば「秘められた批評」とでもいうべき、三島が発見したジャンルである。そこでは、言葉の人間として出発した〝私〟が、肉体を獲得してゆく過程を跡付けながら、想像力と死、文と武との関係を論じている。最終的には、言葉を超えた、さらには自分一人の肉体を超えた〝集団の悲劇〟への同一化に対する強い指向が語られる。

この頃の三島には、地球を取り巻く巨きな蛇の環が見えはじめた。

すべての対極性を、われとわが尾を嚥みつづけることによって鎮める蛇。すべての相反性に対する嘲笑を響かせている最終の巨大な蛇。『豊饒の海』に取り組む三島には、その姿が見えはじめた。

昭和四十二年十二月五日。

三島は、航空自衛隊百里基地よりF１０４戦闘機に試乗する。二時二十八分。エンジン始動。金属的な雷霆。二時半。０１６号機は、ゆるやかに滑走路へ入る。

エンジン全開のテスト。日常的なもの、地上的なものとの決別。三島は強くこれを求め、熱烈にこの瞬間を待っていた。三島の後ろには既知だけがあり、三島の前には未知だけがあった。

F１０４は離陸した。機首は上がった。思う間に雲を貫いていた。一万五千フィート、二万フィート。高度計と速度計の針が高麗鼠のように回っている。準音速のマッハ０・９。三万フィート。三万五千フィート。マッハ１・３に至って、四万五千フィートの高度へ昇った。沈みゆく太陽は下にあった。

そして遂に三島は、ウロボロスを目の当たりにする。

そのとき私は蛇を見たのだ。

地球を取り巻いてゐる白い雲の、つながりつながつて自らの尾を嚥んでゐる、巨大といふもおろかな蛇の姿を。

ほんのつかのまでも、われわれの脳裡に浮んだ事は存在する。現に存在しなくても、かつてどこかに存在したか、あるひはいつか存在するであろう。それこそ気密室と宇宙船との相似なのだ。私の深夜の書斎と、四万五千フィート上空のF１０４の機体内の相似なのだ。肉体は精神の予見に充たされて光り、精神は肉体の予見に溢れて輝やく筈だ。そしてその一部始終を見張る者こそ、意識なのだ。今、私の意識はジュラルミンのやうに澄明だつた。

あらゆる対極性を一つのものにしてしまふ巨大な蛇の環は、もしそれが私の脳裡に泛んだとすれば、すでに存在してゐてふしぎはなかつた。蛇は永遠に自分の尾を嚥んでゐた。それは死よりも大きな環、かつて気密室で私がほのかに匂ひをかいだ死よりももつと芳香に充ちた蛇、それこそはかがやく天空のかなたにあつて、われわれを俯下ろしてゐる統一原理の蛇だつた。

（三島由紀夫『太陽と鉄』）

相反するものはその極致において似通い、お互いにもっとも遠く隔たったものは、ますます遠ざかることによって相近づく。ウロボロスは、この秘儀を説いている。肉体と精神とは、この地球からやや離れ、白い雲の蛇の環が地球をめぐって繫がる、それよりもさらに高方において繫がる。

『癩王のテラス』の第三幕第二場で、バイヨンを前にして対峙する肉体と精神とは、地球を取り巻くウロボロスによって繫がっていたのだ。

肉体　精神は滅ぶ、一つの王国のやうに。
精神　滅ぶのは肉体だ。……精神は、……不死だ。

（三島由紀夫『癩王のテラス』）

ミルチャ・エリアーデは『永遠回帰の神話』において、蛇をめぐる宇宙観を論じた。蛇はカオス（混沌）の象徴であり、蛇を統御することはコスモス（秩序）の確立を意味する。[18] 形なきものから形あるものへと転移するのは、創造であり、創作である。

三島の刻苦勉励の半生を顧みると、その文学的営為は、巨大な蛇との格闘の軌跡のようにも思えてくる。

精神　バイヨン……私の、……私の、バイヨン。

（三島由紀夫『癩王のテラス』）

三宅一郎によると、バイヨンとは、「気高い天上の塔」の意であるという。[7] 宗谷真爾は、「バイヨン **Bayon** とは〈納骨堂〉の意味である」としている。[3] いずれの意味も暗示的である。『癩王のテラス』は、三島がアンコール・トムを訪れ、熱帯の日の下に黙然と座している若き癩王の美しい彫像を見たときから、三島の心のなかで、この戯曲の構想はたちまち成ったという。中央公論社から刊行された単行本には、岩宮武二が撮影した「癩王の像」の写真が付されている。

しかし、この彫像は「癩王の像」ではない。最新の研究では、尻部に刻まれた碑文から、裁判を司る地獄の神ダルマラージャ・ヤマ天、すなわち「閻魔大王の像」であることが判明している。[19] さらに「閻魔大王の像」が安置されていた「癩王のテラス」は、王を荼毘にふす場所でもあった。

納骨堂としてのバイヨン。実は「閻魔大王の像」である「癩王の像」。王を荼毘にふす場所としての「癩王のテラス」。これら死の影の濃いクメール美術に感応した三島は、深く死に魅せられていたとしか思えない。

虹　『説文』に「螮蝀なり。状、蟲に似たり」という。螮蝀は虹。虹は古くは天界に住む竜形の獣と考えられていた。[20]　（白川静『字統』[20]）

虹を蛇の姿と見る観念は、わが国でも明確に跡づけることができる。ニコライ・ネフスキーは、「天の蛇としての虹の観念」において、宮古島に着目した。宮古島では、地上の蛇に対して、虹を天の蛇と見ていたのである。類例は、インド、マライ、中国、アメリカなど、世界各地に認められるという。[21]

虹は、蛇の霊的な姿であり、死者は人間の霊的な姿である。北欧神話『エッダ』[22]では、虹は死者が天上へと昇ってゆく橋とされている。自決を前にした三島は、蛇神（ナーガ）を描くことによって、自らが天上へと昇る虹の橋を架けたようにも思える。

蛇は、吉野裕子が論じたように脱皮によって生命を更新し、「永遠の生命」を象徴している。

肉体　めくるめく青空よ。孔雀椰子よ。檳榔樹よ。美しい翼の鳥たちよ。これらに守られたバイヨンよ。俺はふたたびこの国を領く。青春こそ不滅、肉体こそ不死なのだ。

（三島由紀夫『癩王のテラス』）

三島の肉声が、ここまで響いてくるような台詞である。

昭和四十五年十一月二十六日——自裁の翌日、三島の部屋から一枚の遺書風のメモが発見されたという。

「限りある命ならば永遠に生きていたい……」

ありあまる才能に恵まれ、名声の地獄のなかで、真に生きること、すなわち不死への道を、真剣に考え、敢えて実行したのが、市ヶ谷の事件であった。[23]

三島は、〃死と再生〃による永遠の生命を希求した。

永遠の生命を象徴する蛇神（ナーガ）には、三島の切実な希い——青春の不滅と肉体の不死——が籠められているように思えてならない。

「俺はふたたびこの国を領く。青春こそ不滅、肉体こそ不死なのだ」

【参考文献】

（1）『三島由紀夫　生と死』ヘンリー・スコット・ストークス／徳岡孝夫訳　清流出版　平成十

年　清流出版
(2)『カンボヂァ民俗誌』グイ・ポレ、エヴリーヌ・マスペロ／大岩誠、浅見篤訳　昭和十九年
生活社
(3)『アンコール文明論』宗谷真爾　昭和四十四年　紀伊國屋書店
(4)『真臘風土記』周達観／和田久徳訳注　平成元年　平凡社
(5)「『暁の寺』そしてアジア」青木保vs田中優子（「國文學」平成二年二月）
(6)『世界文学全集　ラーマーヤナ』阿部知二訳　昭和四十一年　河出書房新社
(7)『アンコール遺跡』ジョルジュ・セデス／三宅一郎訳　平成二年　連合出版
(8)『アンコール・ワット』石澤良昭　平成八年　講談社
(9)『アンコール・王たちの物語』石澤良昭　平成十七年　日本放送出版協会
(10)『水の神ナーガ』スメート・ジュムサイ／西村幸夫訳　平成四年　鹿島出版会
(11)『インドの神話』マッソン・ウルセル、ルイーズ・モラン／美田稔　昭和三十四年　みすず書
房
(12)『日本古典文学全集　謡曲集』　昭和五十年　小学館
(13)『道成寺』郡虎彦（『郡虎彦英文戯曲翻訳全集』横島昇訳　平成十五年　未知谷）
(14)『三島由紀夫と能楽』田村景子　平成二十四年　勉誠出版
(15)『山の神』吉野裕子　平成二十年　講談社
(16)『日本古典文学大系　日本書紀』　昭和四十三年　岩波書店

(17)『水と夢』ガストン・バシュラール／小浜敏郎訳　昭和四十四年　国文社
(18)『永遠回帰の神話』ミルチャ・エリアーデ／堀一郎訳　昭和三十八年　未来社
(19)『アンコールワット展』石澤良昭監修　平成二十一年　岡田文化財団
(20)『字統』白川静　平成六年　平凡社
(21)『蛇の宇宙誌』小島瓔禮編著　平成三年　東京美術
(22)『エッダ　古代北欧歌謡集』谷口幸男訳　昭和四十八年　新潮社
(23)「心の劇」中村光夫（「三島由紀夫全集カタログ」昭和四十八年　新潮社）

〔注記〕参考文献を引用する際には、適宜省略した。

初出一覧

第一章　三島由紀夫と橋家——もう一つのルーツ
（「三島由紀夫研究⑪　三島由紀夫と編集」鼎書房　平成二十三年九月十日）

第二章　三島由紀夫の先駆——橋健行の生と死
原題：三島文学に先駆けた橋健行
（「第四十一回憂国忌　特別付録」三島由紀夫研究会　平成二十三年十一月二十五日）

第三章　三島由紀夫と神風連——『奔馬』の背景を探る
（「三島由紀夫研究⑭　三島由紀夫と鏡子の家」鼎書房　平成二十六年五月三十日）

第五章　三島由紀夫のトポフィリア——神島から琉球へ
（「三島由紀夫研究⑬　三島由紀夫と昭和十年代」鼎書房　平成二十五年四月三十日）

第六章　小説に描かれた三島由紀夫――蠱惑する文学と生涯
原題：小説に描かれた「三島由紀夫」覚書
（「現代文学史研究⑳」現代文学史研究所　平成二十六年六月一日）
第七章　三島由紀夫と刺青――肉体に咲く花
原題：三島由紀夫と刺青
（「三島由紀夫研究⑨　三島由紀夫と歌舞伎」鼎書房　平成二十二年一月二十日）

おわりに

三島文学にはじめて接したのは、筆者が中学生のときである。『潮騒』『永すぎた春』『音楽』など、あまり難しそうでない作品から読みはじめた。やがて高校生になって手にした『仮面の告白』によって、雷光を浴びたような衝撃を受けた。読了後は、熱病と同様の状態が一週間ほど続いた。本物の小説だけがもつ〝凄み〟に触れて、三島文学特有の〝毒〟にあたったのだろうと受け止めている。

後には、谷崎潤一郎の『蓼喰ふ虫』、川端康成の『眠れる美女』、吉田満の『戦艦大和の最期』、沼正三の『家畜人ヤプー』などにも衝撃を受けたが、『仮面の告白』のそれには遠く及ばない。爾来、三島由紀夫研究を続けて今日に至る。その間、ひたすら三島文学を読み込む一方で、広範な三島由紀夫関連資料の蒐集に努めた。

五年ほど前に、研究成果の一端を「三島由紀夫と刺青」と題してまとめたところ、鼎書房発行の「三島由紀夫研究」に掲載していただく幸運を得た。わが国の三島由紀夫研究をリードされる三島由紀夫文学館館長の松本徹氏、近畿大学教授の佐藤秀明氏、白百合女子大学教授の井上隆史氏の三人がいち早く認めて下さったことは、大学に属さない研究者である筆者にとって、この上ない心の支えとなった。

さらに筆者が「三島由紀夫研究」に「三島由紀夫と橋家」を発表したところ、評論家の宮崎正弘氏の目にとまり、新聞紙上で紹介してくださった。その上、「三島由紀夫の先駆」を冊子『憂国忌』特別付録」にしていただく栄誉にも浴した。

また、日本文学研究者で畏友の野中潤氏には、「小説に描かれた三島由紀夫」を「現代文学史研究」に掲載していただいた。

本書は、「三島由紀夫研究」『憂国忌』特別付録」「現代文学史研究」に発表した小論に加筆訂正を加えたものと、新稿から構成した。

ここに改めて、「三島由紀夫研究」の松本徹氏、佐藤秀明氏、井上隆史氏、山中剛氏、「三島由紀夫研究会」「憂国忌」の宮崎正弘氏、玉川博己氏、「現代文学史研究」の大久保典夫氏、野中潤氏に衷心よりお礼を申し上げたい。

三島由紀夫生誕九十年・没後四十五年の「国際三島由紀夫シンポジウム２０１５」と「憂国忌」の開催にともない〝三島ルネサンス〟の気運が高まるなかで、新典社から本書を刊行することができたのは、筆者にとって大きな喜びである。

本書刊行の場を紹介していただいた日本文学研究者で畏友の助川幸逸郎氏、新典社代表取締役の岡元学実氏、本書を担当していただいた小松由紀子氏に心からお礼を申し上げたい。

平成二十七年十一月二十五日「憂国忌」の日に

岡　山　典　弘

岡山　典弘（おかやま　のりひろ）
作家・文芸評論家
いよぎん地域経済研究センター（ＩＲＣ）主席研究員
松山大学非常勤講師
著書・編著
『青いスクウェア』（2012年　日本文学館）
『三島由紀夫外伝』（2014年　彩流社）
『三島由紀夫の源流』（2016年　新典社）
『三島由紀夫が愛した美女たち』（2016年　啓文社書房）
『伊予銀行１４０年史』（2019年　伊予銀行）
『筬島一治評伝』（2020年　仙味エキス／ＩＲＣ）
『曽我源太郎・光四郎評伝』（2022年　愛媛ダイハツ販売／ＩＲＣ）
など

三島由紀夫《みしまゆきお》の源流《げんりゅう》　新典社選書 78
2016 年 3 月 1 日　初刷発行
2022 年 9 月 14 日　２刷発行
著　者　岡 山　典 弘
発行者　岡 元　学 実
発行所　株式会社　新 典 社
〒111-0041　東京都台東区元浅草2-10-11　吉延ビル4F
ＴＥＬ　03-5246-4244　ＦＡＸ　03-5246-4245
振　替　00170-0-26932

印刷所　惠友印刷㈱　製本所　牧製本印刷㈱

ISBN 978-4-7879-6828-9 C0395
https://shintensha.co.jp/　E-Mail:info@shintensha.co.jp